U0837297

大家小书

词学十讲

龙榆生 著

北京出版集团公司
北京出版社

图书在版编目（CIP）数据

词学十讲 / 龙榆生著．— 北京 ：北京出版社，
2016.7
（大家小书）
ISBN 978-7-200-11979-4

Ⅰ．①词…　Ⅱ．①龙…　Ⅲ．①词（文学）—诗词研究
—中国　Ⅳ．①I207.23

中国版本图书馆CIP数据核字（2016）第065325号

总策划：安　东　高立志　　责任编辑：楼　霏　陶宇辰

· 大家小书 ·

词学十讲

CIXUE SHI JIANG

龙榆生　著

*

北 京 出 版 集 团 公 司
北　京　出　版　社　出版
（北京北三环中路6号　邮政编码：100120）

网　址：www.bph.com.cn
北京出版集团公司总发行
新　华　书　店　经　销
北京华联印刷有限公司印刷

*

880毫米×1230毫米　32开本　9.25印张　116千字
2016年7月第1版　2024年2月第5次印刷

ISBN 978-7-200-11979-4

定价：32.00元

质量监督电话：010-58572393

序　　言

袁行霈

“大家小书”，是一个很俏皮的名称。此所谓“大家”，包括两方面的含义：一、书的作者是大家；二、书是写给大家看的，是大家的读物。所谓“小书”者，只是就其篇幅而言，篇幅显得小一些罢了。若论学术性则不但不轻，有些倒是相当重。其实，篇幅大小也是相对的，一部书十万字，在今天的印刷条件下，似乎算小书，若在老子、孔子的时代，又何尝就小呢?

编辑这套丛书，有一个用意就是节省读者的时间，让读者在较短的时间内获得较多的知识。在信息爆炸的时代，人们要学的东西太多了。补习，遂成为经常的需要。如果不善于补习，东抓一把，西抓一把，今天补这，明天补那，效果未必很好。如果把读书当成吃补药，还会失去读书时应有的那份从容和快乐。这套丛书每本的篇幅都小，读者即使细细地阅读慢慢地体味，也花不了多少时间，可以充分享受读书的乐趣。如果把它们当成补药来吃也行，剂量小，吃起来方便，消化起来也容易。

我们还有一个用意，就是想做一点文化积累的工作。把那些经过时间考验的、读者认同的著作，搜集到一起印刷出版，使之不至于泯没。有些书曾经畅销一时，但现在已经不容易得到；有些书当时或许没有引起很多人注意，但时间证明它们价值不菲。这两类书都需要挖掘出来，让它们重现光芒。科技类的图书偏重实用，一过时就不会有太多读者了，除了研究科技史的人还要用到之外。人文科学则不然，有许多书是常读常新的。然而，这套丛书也不都是旧书的重版，我们也想请一些著名的学者新写一些学术性和普及性兼备的小书，以满足读者日益增长的需求。

“大家小书”的开本不大，读者可以揣进衣兜里，随时随地掏出来读上几页。在路边等人的时候，在排队买戏票的时候，在车上、在公园里，都可以读。这样的读者多了，会为社会增添一些文化的色彩和学习的气氛，岂不是一件好事吗？

“大家小书”出版在即，出版社同志命我撰序说明原委。既然这套丛书标示书之小，序言当然也应以短小为宜。该说的都说了，就此搁笔吧。

待漏传衣意未迟

徐培均

《词学十讲》，又名《倚声学》，乃吾师龙榆生教授于上世纪60年代初在上海戏剧学院戏曲创作研究班授课时的一本教材。

俗语说：名师出高徒。班主任陈伯鸿先生深明此理，为了给市里培养高级艺术人才，千方百计聘请著名教授来研究班授课。除戏剧学院原有教师如戏曲专家陈古虞先生外，还从北京中央戏剧学院请来了著名戏剧史专家周贻白教授，从上海音乐学院请来了著名词学家龙榆生教授。每位先生都有他们的特长，而龙先生的词学课尤其受同学欢迎。“四人帮”粉碎后，研究班同学返校座谈，著名剧作家沙叶新同学还满怀激情地说：“当年龙榆生老师的课上得真好。”上海社会科学院历史所所长、研究员方诗铭先生前几年还曾对我说：“龙榆生早年在暨南大学、中央大学任教，他讲课时深入浅出，条条是道，你能做他的研究生，真是福气！”

龙先生授课时既重理论修养，又重技能培训。每上一课，必令同学反复练习，直到完全掌握为止。同学们从前读本科时，曾系统地学过文艺理论、中国文学史、古代汉语和作品选读，有的还听过多种专题课，在理论上确实是打下了深厚的基础。特别是在50年代后期，苏联文学理论被大量介绍进来，什么批判现实主义、社会主义现实主义、人民性、思想性之类，连篇累牍，目不暇接。至于具体作品，虽能“大而化之”谈出一套理论，却对作品的内部规律无所了解，甚至不懂诗词如何调平仄，如何押韵。龙先生在这样的历史背景下开课，首先必须具有一定勇气，敢于顶着潮流，不顾苏联那一套理论。同时要针对同学们现有水平，缺啥补啥，扬其所长，避其所短。因此，他所开的课是非常适时的，同学们莫不感到新鲜、实用，对扭转文坛风气、张扬国学，确是起了很大作用。

一

《词学十讲》，乃是研究班的主课，讲义全都是新写的。平均每周一讲，始于1962年2月，止于本年7月暑假之前。当时我任词学课代表，常于开课前几日至先生寓邸南昌路香山公寓取回讲义交付学校刻钢板油印。先生居室尚属宽敞，清静雅洁，书香气十足。书橱上放满词学书刊，而《彊村丛书》尤为醒目。先生是晚清四大词家之一朱孝臧的门人。《彊村丛书》之后半部及《彊村语业》，皆经先生之手刊出，嘉惠词林，固不待言。彊村弥留之际，曾将生平校词的朱墨二砚，授予先生，病榻传薪，成为当时词坛一段佳话。夏敬观、徐悲鸿、汤定之皆绘有《授砚图》志其事。我去府上取稿时，先生曾以其中一幅给我观赏，画之右侧为一茅屋，桌上置有双砚，屋后为奇石远山，屋前疏柳一株斜倚湖畔。先生正拾级而上，彊村出门相迎。画中意境深远，不禁令人产生无限的遐想和由衷的敬意。先生出示此画，盖意有所属，我暗下决心：不负先生厚望，学好这门功课，立志成为词学接班人。

在《词学十讲》中列有以下篇目：第一讲，唐宋歌词的特殊形式和发展规律；第二讲，唐人近体诗和曲子词的演化；第三讲，选调和选韵；第四讲，论句度长短与表情关系；第五讲，论韵位安排与表情关系；第六讲，论对偶；第七讲，论结构；第八讲，论四声阴阳；第九讲，论比兴；第十讲，论欣赏和创作。全书自成体系，既讲了词的产生和发展的历史，也细致地解剖了词这种特殊的文学形式的内部结构。先生从前在《词学季刊》上陆续发表了不少词学论文，有的已融入这本讲稿；有的已结集出版，如《词曲概论》、《龙榆生词学论文集》；也有当年未及写成论文的词学理论，则通过这份讲稿发表出来。不妨说，《词学十讲》是榆生师毕生治词心血的结晶。他将自己数十年的研究心得与填词经验，融会贯通，冶于一炉，从而构成一部独具特色的学术专著。比之以前所作，在理论上更加概括、更加深刻、更加系统。

与众不同的是，此书讲词学，特别注重词的音乐性。音乐性是词的生命。大凡诗歌，皆应有音乐性，而以燕乐为基调的词，音乐性却特别强。虽然乐谱早佚，但从抑扬顿挫的旋律中，犹能令人感到词的特殊情味和意境。因此，龙先生在本书第一讲中便指出，词“这种特殊形式，是经过音乐的陶冶，在句读和韵位上都得和乐曲的节拍恰相谐会”。明乎此，我们便可知词为何“别是一家”（李清照《词论》）；又可知为什么说“词之为体，要眇宜修，能言诗之不能言，而不能尽言之所能言”（王国维《人间词话·删稿》）。要之，懂得词之音乐性，便等于掌握研究词的一把钥匙，用它打开词学的大门，然后可以登堂入室，揭开词之种种奥秘。

由于音乐性为词之主要特征，所以本书除第一、二讲讲解词之形式与演进而外，从第三讲至第八讲——总共六讲，都围绕词之音乐性展开论述，从而构成一个完整的词学理论体系。第八讲，则是通过对这种最富于音乐性的文学形式的美学鉴赏，引导人们如何去欣赏去创作。其中讲得最为深刻的有四点：一是词中句度长短与表情的关系。龙先生指出：“每一歌词句式的安排，在音节上总不出和谐与拗怒两种。”一般地说，句度长声情较舒缓婉转，句度短则声容急促拗峭。二是韵位疏密与表情的关系。《文心雕龙·声律篇》说：“异音相从谓之和，同声相应谓之韵。”龙先生从这一原则出发，指出：“一般谐婉的曲调，例以隔句或三句一协韵为标准，韵位均匀，又多选用平声韵的，率多呈现‘舒徐为妍’的姿态。”如《鹧鸪天》、《小重山》之类便是。又指出：“在同一曲调中，凡属句句押韵的一段，声情比较迫促。”短调中《阮郎归》、长调如《六州歌头》便是。三是谈填词时的选调与选韵。调与韵皆有哀与乐之分，所以在抒写喜悦之情时须选乐调、用乐韵，而抒写悲伤之情则选用哀调和哀韵。有些作者不明此理，往往以哀调填乐词、乐调填哀词。读此书第三讲，似可避免这种错误。四是龙先生在论“顶格字”方面颇多真知灼见，他比清人万树《词律》所论的“顶字”更为周详而细密，以为顶格字多用在长调中“转折跌荡处”，常以去声字收束上文，提领下边的几个偶句，声调特别响亮。以上几点，都是我在听课时领会到的，不免挂一漏万。

二

与《词学十讲》相辅相成的还有《唐宋词定格》（1978年上海古籍出版社出版时改名为《唐宋词格律》）。它是一门专讲唐宋词体制和格律的教材。收词牌一百五十三调，分为五类。为了帮助同学从感性上理解每一词牌的调性，并附有一首至数首唐宋名家词作。这样，文字与平仄音韵符号一一对应，易使人了解作品的声情之美，并易掌握选调填的方法。以上重在技能的培训。此外在理论上还加以引导。作为意识形态的文学艺术是一定社会生活在人们头脑中的反映，因此每一词牌必有它产生的社会基础。龙先生在讲每一词牌时必说明其产生的历史和演变过程。因为词和音乐的关系至为密切，词比诗更讲究四声、阴阳的区分，所以龙先生讲授时常以作品为例，深入分析，辨析毫芒。如讲周邦彦《六丑·蔷薇谢后作》时，云“春归如过翼，一去无迹”，前一句是平平平仄仄，后一句是仄仄平仄。“过翼”的仄声是去入，“一去”二字是入去，再加上韵位的“迹”字又是入声，皆短促斩截，于是便将春归之速在音调上显示出来。龙先生认为这些地方的入声字不能用其他仄声字代替。我们用此方法诵读，便感觉声与情得到了微妙的结合，富有高度的音乐性。

由于龙先生的词律讲得精细易懂，同学们很快学会填词的方法。有些天资聪颖的同学马上在课堂上填起词来，如沙叶新同学听了《菩萨蛮》一调的讲授后，即兴填了一首，云：“廿三枉逝愁添岁，功名未立心多愧。何日为中华，剧坛呈艳葩？老容何必叹，器大成须晚。天既降余来，终为龙凤才。”其实叶新当时并不老，他风华正茂，兼之生得孩儿面孔，他在《文汇报》发表批判姚文元的文章《审美的鼻子如何伸向德彪西》前，总编陈虞孙召见谈话，不禁戏云：“你哪里像个研究生，看样子还是个初中生呢。”叶新立下“剧坛呈艳葩”的大志，后来果然写出《假如我是真的》、《陈毅市长》等一系列轰动中外的剧作，成为著名的剧作家。龙先生每讲一首词牌，总布置习作。我在《满江红》习作中写了从朝鲜战场归来步向文坛的感怀，云：“弹雨枪林，忆往日、清川初越。前头晚，敌军宵遁，战车颠蹶。骏马飞驰蹄溅雪，宝刀挥动光摇月。展长缨，待系李奇微，欣闻捷。　卸戎服、穿蓝袷；操羽翰，攻戏剧。对芳菲世界，休嗟才劣。誓振鳏毫山岳撼，愿澄碧海鲸鲵掣。喜东风，吹得百花开，人欢悦。”词颇粗糙，然龙先生犹给予鼓励，并赠《小重山》词云：“淮海维扬一俊人，相期珍重苦吟身。”对我慰勉有加，至今不能忘怀。

三

在讲授词学过程中，先生也以自己的作品作示范。兹举二阕。其一《鹧鸪天》云：

开遍东风桃李枝，惯将青眼注妍词。闻鸡起舞心犹壮，待漏传衣意未迟。　怀落落，兴孜孜，晴虹千丈护期思。孤飞老鹤听鸣凤，报答朝阳望岂痴！

此阕为和女同学吴兆芬而作，兆芬原唱小序云："词学老师年逾花甲，为我班批改作业，常至深夜三点，此情此景，殊为感激，作《鹧鸪天》。"词云："初试东风第一枝，青灯白发缀新词。几回搔首仍含笑，击节声中玉漏迟。　情切切，意孜孜，一声一字费三思。叩窗寒雨催眠急，不识师情比尔痴。"兆芬所写皆为事实，龙师撰写讲稿和批改作业，常至深夜，如《词学十讲》第四讲篇末云："1962年3月7日晨写毕"；第七讲云："1962年4月17日，写毕于小窗风雨中。"第九讲云："1962年5月22日清晨写意。"可见先生不顾年迈体弱，常常通宵不寐，在培养本班同学时，不知花费多少精力与心血！

先生另一阕《小重山》曾索同学酬和，原唱云：

桃李阴浓一径微，看看朱实满，敞柴扉。十年树木旋成围。东风好，世界总芳菲。（“旋”改“迅”） 信得愿无违。灵光惭鲁殿，笑巍巍。壮怀同逐晓云飞，殷勤意，寸草报春晖。

篇末注：“1962年国际劳动节后一日。上海戏剧学院词学班为我设高座，恍然卅九年前在觉园听谛闲老和尚说法时情景，惶悚之余，漫用蕲春黄先生（侃）寒食游高座寺韵纪之，并索诸同学和作。龙榆生，5月4日。”黄侃词见《近三百年名家词选》。先生词上片对同学的迅速成长充满喜悦之情和鼓励之意，下片歇拍则表示对社会主义的感激。同学和作甚多，因年代久远，不复记忆。在上海戏剧学院1995年12月校庆之际，我想起了龙先生对我们的殷殷教诲与恳切希望，尝依韵和了一阕，谨录如下，以作本文的小结：

艺苑重楼入太微，满园桃李艳，映林扉。英才济济翠成围。氍毹上，百卉斗芳菲。 夙愿几曾违，笔耕三十载，竞奇巍。原上草，著意报春晖。

韶光似箭，瞬息四十多年过去了，先生所精心培育的人才已在戏剧创作、词学研究各条战线上做出可喜的成绩，有的则担任重要的文艺领导工作。敬爱的龙老师，该含笑九泉了！

2004年重九

于上海社科院文学研究所

目　录

第一讲　唐宋歌词的特殊形式和发展规律

词不称“作”而称“填”，因为它要受声律的严格约束，不像散文可以自由抒写。它的每一曲调都有固定形式，而这种特殊形式，是经过音乐的陶冶，在句读和韵位上都得和乐曲的节拍恰相谐会，有它整体的结构，不容任意破坏的。

每一曲调的构成，它的轻重缓急和节奏关系，必得和作者所要表达的起伏变化的感情相应。这种“因声以度词，审调以节唱，句度短长之数，声韵平上之差，莫不由之准度”①的歌词形式，原来是古已有之的。“由乐以定词，非选词以配乐”，就是我国文学史上所习用的词曲名称，也是从古乐府中所有“操”、“引”、“谣”、“讴”、“歌”、“曲”、“词”、“调”八

① 见《元氏长庆集》卷二十三《乐府古题序》。

种名称中拈取出来的。清人宋翔凤说："宋、元之间，词与曲一也。以文写之则为词,以声度之则为曲。"(《乐府余论》)因为这两种形式都得受曲调的制约，所以在声韵方面都是要特别讲究的。

词和曲的体制既然是由来已久，为什么直到唐宋以后才大量发展成为定式呢？这就得追溯到声律论的发明和它在诗歌上的普遍应用，才能予以充分的说明。梁代沈约早就说过："夫五色相宣，八音协畅，由乎玄黄律吕，各适物宜。欲使宫羽相变，低昂互节，若前有浮声，则后须切响。一简之内，音韵尽殊；两句之中，轻重悉异。"（《宋书》卷六十七《谢灵运传论》）根据这个原则，积累了将近二百年的经验，才完成了"回忌声病、约句准篇"[①]的唐人所谓近体诗。这种近体诗，本身就富有它的铿锵抑扬的节奏感，音乐性异常浓厚。恰巧我国的音乐，到了这时，也在呈现着融合古今中外、推陈出新、逐步达到最高峰的繁荣景象。这样相挟俱变，推动了燕乐杂曲和长短句歌词的向前发展。据宋人郭茂倩《乐府诗集》卷七十九所标举的《近代曲辞》，表明了"倚声填词"由民间尝

---

① 见《新唐书》卷二百二《文艺列传（中）》。

试而普遍流行的关键所在。郭茂倩说：

唐武德（唐高祖李渊年号）初，因隋旧制，用九部乐。太宗（李世民）增《高昌乐》，又造《燕乐》而去《礼毕曲》。其著令者十部：一曰《燕乐》，二曰《清商》，三曰《西凉》，四曰《天竺》，五曰《高丽》，六曰《龟兹》，七曰《安国》，八曰《疏勒》，九曰《高昌》，十曰《康国》，而总谓之燕乐。声辞繁杂，不可胜纪。凡燕乐诸曲，始于武德、贞观（太宗年号），盛于开元、天宝（明皇李隆基年号）。其著录者十四调，二百二十二曲。

这和《旧唐书·音乐志》所称“又自开元以来，歌者杂用胡夷里巷之曲”，都可说明词所依的声究竟是些什么。燕乐诸曲，既然在开元、天宝间就已“声辞繁杂，不可胜纪”，这也说明唐宋间所习用的“曲子词”一直跟着隋唐燕乐的普遍流行而不断发展。民间艺人或失意文士，按照这种新兴曲调的节拍填上歌词，以便配合管弦，递相传唱。在明皇时代就已有了大量的创作，如敦煌所发现的《云谣集杂曲子》，只是仅存的沧海一粟而已。由于无名作者的文学修养不够，对声辞配合也还不能做到恰如其分，因而暂时难以引起诗人们的重视。一般仍多用五、七言近体诗或摘取长篇歌行中的一段，加上虚声，凑合着配上参差复杂的新兴曲调，把来应歌。如王维《送元二使安西》一绝句衍为《渭城曲》或《阳关三叠》，和李峤《汾阴行》中的“山川满目泪沾衣，富贵荣华能几时？不见只今汾水上，惟有年年秋雁飞”。这种过渡办法，大概流行于宫廷宴会和士大夫间。至于市井间的歌唱，必然早已改用了适合“胡夷里巷之曲”的长短句形式。唐中叶诗人，如韦应物、刘禹锡、白居易等，是比较留心民间文艺和新兴乐曲的。他们开始应用新兴曲调依声填词。例如刘禹锡《和乐天春词》：

> 春去也！多谢洛城人。弱柳从风疑举袂，丛兰露似沾巾，独坐亦含嚬。
>
> ——《刘梦得外集》卷四

他就在题内说明：“依《忆江南》曲拍为句。”这是身负重名的诗人有意依照新兴曲调的节拍来填写长短句歌词的有力证据。但刘禹锡的采用民间歌曲形式，也是分两个步骤来进行的。一个是沿用五、七言近体诗形式，略加变化，仍由唱者杂用虚声，有如《竹枝》、《杨柳枝》、《浪淘沙》、《抛球乐》之类。其《竹枝》引说到：

余来建平，里中儿联歌《竹枝》，吹短笛、击鼓以赴节，歌者扬袂睢舞，以曲多为贤。聆其音，中黄钟之羽，其卒章激讦如吴声，虽伧佇不可分，而含思宛转，有淇濮之艳。昔屈原居沅、湘间，其民迎神，词多鄙陋，乃为作《九歌》。到于今，荆楚鼓舞之。故余亦作《竹枝》词九篇，俾善歌者扬之，附于末，后之聆巴歈，知变风之自焉。

——《刘梦得文集》卷九

从这里可以看出他的学作《竹枝》，还只是揣摩这种民间歌曲的声容态度，而不是依它的节拍，所以要“俾善歌者扬之”，也就是加上虚声以应节的意思。在这基础上进一步索性按着民歌曲拍填写长短句歌词，除上举《忆江南》外，还有《潇湘神》词二首：

湘水流，湘水流，九疑云物至今愁。君问二妃何处所？零陵香草露中秋。

斑竹枝，斑竹枝，泪痕点点寄相思。楚客欲听瑶瑟怨，潇湘深夜月明时。

——《刘梦得文集》卷九

唐代民间歌曲，经过刘、白一类大诗人的赏音重视，解散近体诗的整齐形式以应参差变化的新兴曲调，于是对“句度短长之数、声韵平上之差”越来越讲究了。到了晚唐诗人温庭筠“能逐弦吹之音、为侧艳之词”（《旧唐书》列传卷一百四十下），遂成花间词派之祖。北宋“教坊乐工，每得新腔，必求（柳）永为辞，始行于世”（叶梦得《避暑录话》卷三）。《乐章》一集，遂使“凡有井水饮处，即能歌柳词”（并见前者）。从此，由隋唐燕乐曲调所孳乳浸多的急慢诸曲，以及结合近体诗的声韵安排，因而错综变化作为长短句，以应各种曲拍的小令、长调，也就有如“百花齐放”，呈现着繁荣璀璨之大观了。

由于这类歌曲多流行于市井间，以渐跻于士大夫的歌筵舞席上，作为娱宾遣兴之资，内容是比较贫乏的。从范仲淹、王安石开始，借用这个新兴体制来发抒个人的壮烈抱负，遂开苏轼一派“横放杰出、是曲子中缚不住”[①] 之风。王

① 见宋吴曾《能改斋漫录》卷十六引晁补之语。

灼亦称："东坡先生非心醉于音律者，偶尔作歌，指出向上一路，新天下耳目，弄笔者始知自振。"（《碧鸡漫志》卷二）尽管李清照讥笑它是"句读不葺之诗"（宋胡仔《苕溪渔隐丛话后集》卷三十三引），但能使"倚声填词"保持万古常新的光彩，正赖苏、辛（弃疾）一派的大力振奋，不为声律所压倒，这是我们所应特别注意学习的。

第二讲　唐人近体诗和曲子词的演化

要学填词，首先要学作所谓近体诗。因为这两者的形式之美，都是利用平仄两类长短不同的字调，两两相间地联缀起来，构成平调与升降调或促调递相使用的高低抑扬的和谐音节，都得把“奇偶相生，轻重相权”八个字作为调整音韵的法则，不过长短句词曲比较更为错综复杂，变化特多而已。

近体诗的格式，主要为五、七言绝句和五、七言律诗两种。古有“两句一联，四句一绝”之说。而这四句之中，起承转合，构成一个整体，和我国民间广泛流行的曲调是恰相符合的。律诗例为八句，首尾单行，中间两个对偶，也和另一种流行曲调同其结构。所以这近体诗的组织形式，虽然貌似简单，而在声韵上的调整安排，是和音乐紧密结合，经过无数作者的苦心实践，才逐渐臻于完美，不是偶然的。

兹将近体诗的几种定格列举如下：

（一）五言绝句

1. 平起顺黏格：

平平仄仄平（韵），仄仄仄平平（韵）。
仄仄平平仄（句），平平仄仄平（韵）。

例如：皇甫冉《婕好怨》：

花枝出建章，凤管发昭阳。
借问承恩者，双蛾几许长？

2. 仄起顺黏格：

仄仄仄平平（韵），平平仄仄平（韵）。
平平平仄仄（句），仄仄仄平平（韵）。

例如：卢纶《塞下曲》：

月黑雁飞高，单于夜遁逃。
欲将轻骑逐，大雪满弓刀。

3. 平起偏格：

平平平仄仄（句），仄仄仄平平（韵）。
仄仄平平仄（句），平平仄仄平（韵）。

例如：李端《听筝》：

鸣筝金粟柱，素手玉房前。
欲得周郎顾，时时误拂弦。

4. 仄起偏格：

仄仄平平仄（句），平平仄仄平（韵）。
平平平仄仄（句），仄仄仄平平（韵）。

例如：李益《江南曲》：

嫁得瞿塘贾，朝朝误妾期。
早知潮有信，嫁与弄潮儿。

（二）七言绝句

1. 平起顺黏格：

平平仄仄仄平平（韵），仄仄平平仄仄平（韵）。
仄仄平平平仄仄（句），平平仄仄仄平平（韵）。

例如：王翰《凉州词》：

葡萄美酒夜光杯，欲饮琵琶马上催。
醉卧沙场君莫笑，古来征战几人回！

2. 仄起顺黏格：

仄仄平平仄仄平（韵），平平仄仄仄平平（韵）。

平平仄仄平平仄（句），仄仄平平仄仄平（韵）。

例如：刘长卿《送李判官之润州行营》：

万里辞家事鼓鼙，金陵驿路楚云西。
江春不肯留行客，草色青青送马蹄。

3. 平起偏格：

平平仄仄平平仄（句），仄仄平平仄仄平（韵）。
仄仄平平平仄仄（句），平平仄仄仄平平（韵）。

例如：杜甫《江南逢李龟年》：

岐王宅里寻常见，崔九堂前几度闻。
正是江南好风景，落花时节又逢君！

4. 仄起偏格：

仄仄平平平仄仄（句），平平仄仄仄平平（韵）。

平平仄仄平平仄（句），仄仄平平仄仄平（韵）。

例如：白居易《对酒》：

百岁无多时壮健，一春能几日晴明！
相逢且莫推辞醉，听唱阳关第四声。

在上述八个例子中，五言每句的第一字，七言每句的第一、三两字，一般是可以自由变化的。但变动过多，就得上下相救，如上句既改为“平仄仄平”，下句最好得变成“仄平平仄”之类。五言句的第三、四两字，七言句的第五、六两字，也可以平仄互换，如原该用“平仄仄”，也可以改成“仄平仄”，这也是另一种救法。至于词的格式，随着各个曲调所表现的感情起伏而相与起伏变化，就更错综复杂了。

一般所谓律诗，也只是把绝句的平仄安排重复一次。但中间四句必须运用对偶，使胸腹饱满，符合奇偶相生的法则。这对偶的构成，在词义上要虚实相当，铢两悉称，在字调上却要平仄相反，刚柔相济。兹更举例如下：

（三）五言律诗

1. 平起偏格：

平平平仄仄（句），仄仄仄平平（韵）。
仄仄平平仄（句），平平仄仄平（韵）。
平平平仄仄（句），仄仄仄平平（韵）。
仄仄平平仄（句），平平仄仄平（韵）。

例如：孟浩然《过故人庄》：

故人具鸡黍，邀我至田家。
绿树村边合，青山郭外斜。
开轩面场圃，把酒话桑麻。
待到重阳日，还来就菊花。

2. 仄起偏格：

仄仄平平仄（句），平平仄仄平（韵）。

平平平仄仄（句），仄仄仄平平（韵）。

仄仄平平仄（句），平平仄仄平（韵）。

平平平仄仄（句），仄仄仄平平（韵）。

例如：骆宾王《在狱咏蝉》：

西陆蝉声唱，南冠客思深。

不堪玄鬓影，来对白头吟。

雾重飞难进，风多响易沉。

无人信高洁，谁为表予心？

3. 平起正格：

平平仄仄平（句），仄仄仄平平（韵）。

仄仄平平仄（句），平平仄仄平（韵）。

平平平仄仄（句），仄仄仄平平（韵）。

仄仄平平仄（句），平平仄仄平（韵）。

例如:杜甫《船下夔州郭宿,雨湿不得上岸,别王十二判官》:

依沙宿舸船，石濑月娟娟。
风起春灯乱，江鸣夜雨悬。
晨钟云外湿，胜地石堂烟。
柔橹轻鸥外，含凄觉汝贤。

4. 仄起正格:

仄仄仄平平（韵），平平仄仄平（韵）。
平平平仄仄（句），仄仄仄平平（韵）。
仄仄平平仄（句），平平仄仄平（韵）。
平平平仄仄（句），仄仄仄平平（韵）。

例如：王维《观猎》：

风劲角弓鸣，将军猎渭城。
草枯鹰眼疾，雪尽马蹄轻。
忽过新丰市，还归细柳营。
回看射雕处，千里暮云平。

（四）七言律诗

1. 平起偏格：

平平仄仄平平仄（句），仄仄平平仄仄平（韵）。

仄仄平平平仄仄（句），平平仄仄仄平平（韵）。

平平仄仄平平仄（句），仄仄平平仄仄平（韵）。

仄仄平平平仄仄（句），平平仄仄仄平平（韵）。

例如：杜甫《恨别》：

洛城一别三千里，胡骑长驱五六年。
草木变衰行剑外，兵戈阻绝老江边。
思家步月清宵立，忆弟看云白日眠。
闻道河阳近乘胜，司徒急为破幽燕。

2. 仄起偏格：

仄仄平平平仄仄（句），平平仄仄仄平平（韵）。

平平仄仄平平仄（句），仄仄平平仄仄平（韵）。
仄仄平平平仄仄（句），平平仄仄仄平平（韵）。
平平仄仄平平仄（句），仄仄平平仄仄平（韵）。

例如：杜甫《闻官军收河南河北》：

剑外忽传收蓟北，初闻涕泪满衣裳。
却看妻子愁何在，漫卷诗书喜欲狂。
白日放歌须纵酒，青春作伴好还乡。
即从巴峡穿巫峡，便下襄阳向洛阳。

3. 平起正格：

平平仄仄仄平平（韵），仄仄平平仄仄平（韵）。
仄仄平平平仄仄（句），平平仄仄仄平平（韵）。
平平仄仄平平仄（句），仄仄平平仄仄平（韵）。
仄仄平平平仄仄（句），平平仄仄仄平平（韵）。

例如：杜甫《江村》：

清江一曲抱村流，长夏江村事事幽。
自去自来堂上燕，相亲相近水中鸥。
老妻画纸为棋局，稚子敲针作钓钩。
多病所须惟药物，微躯此外更何求。

4. 仄起正格：

仄仄平平仄仄平（韵），平平仄仄仄平平（韵）。
平平仄仄平平仄（句），仄仄平平仄仄平（韵）。
仄仄平平平仄仄（句），平平仄仄仄平平（韵）。
平平仄仄平平仄（句），仄仄平平仄仄平（韵）。

例如：李商隐《马嵬》：

海外徒闻更九州，他生未卜此生休。
空闻虎旅传宵柝，无复鸡人报晓筹。
此日六军同驻马，当时七夕笑牵牛。
如何四纪为天子，不及卢家有莫愁。

上面所列举的格式，都是遵循沈约“一简之内，音韵尽殊；两句之中，轻重悉异”的基本法则而调整建立起来的。它的平仄安排，虽然有些可以自由出入，但得衡量整体的音节关系，务必使它既利于喉吻，又能与所表达的感情起伏恰相适应，才算合乎规矩，达到谐协美听的程度。

我们如能掌握近体诗关于声韵安排的基本法则，并且予以实际锻炼，就会明白怎样运用汉语的不同字调来填写各种不同曲调的歌词，使之和谐悦耳，适合配曲者和歌唱者的要求，进而达到“字正腔圆”的境界。

打破近体律、绝诗的整齐形式，演化成为句读参差、声韵复杂的曲子词，最初还只是就原有句式酌加增减，期与杂曲小令的节拍相应，有如第一讲所曾提到的刘禹锡《忆江南》和《潇湘神》等。此外，如张志和的《渔歌子》：

> 西塞山前白鹭飞，桃花流水鳜鱼肥。　青箬笠，绿蓑衣，斜风细雨不须归。
>
> ——《尊前集》

俨然一首七绝，不过破第三句的七言为三言两句，并增一韵而已。又如韩偓的《浣溪沙》：

拢鬓新收玉步摇，背灯初解绣裙腰，枕寒衾冷异香焦。　　深院不关春寂寂，落花和雨夜迢迢，恨情残醉却无聊。

——《尊前集》

又是一首七律，减去一联；或两首七绝，各减一句；平仄声韵都和近体律、绝没有多大变化。至于北宋词家一般经常使用的《鹧鸪天》：

林断山明竹隐墙，乱蝉衰草小池塘。翻空白鸟时时见，照水红蕖细细香。　　村舍外，古城旁，杖藜徐步转斜阳。殷勤昨夜三更雨，又得浮生一日凉。

——苏轼《东坡乐府》

这又是一首七律，不过破第五句的七言为三言偶句，并增一韵而已。又如《定风波》：

莫听穿林打叶声，何妨吟啸且徐行。竹杖芒鞋轻胜马，谁怕？一蓑烟雨任平生。　　料峭春风吹酒醒，微冷，山头斜照却相迎。回首向来萧瑟处，归去，也无风雨也无晴。

——苏轼《东坡乐府》

俨然两首完整的失黏格七绝，不过上半阕增一个两言短韵句，下半阕增两个两言短韵句而已。

至于《浪淘沙》一曲，唐人原多沿用七绝形式，加虚声以应节拍，例如刘禹锡所作：

日照澄洲江雾开，淘金女伴满江隈。美人首饰侯王印，尽是沙中浪底来。

——《刘宾客文集》

后来演化成为长短句的《浪淘沙》：

帘外雨潺潺，春意阑珊。罗衾不耐五更寒。梦里不知身是客，一晌贪欢。　　独自莫凭栏。无限江山，别时容易见时难。流水落花春去也，天上人间。

——《李后主词》

在四个七言句子之外，增加了四言四句、五言两句，就变得复杂多了。但在每句中的平仄安排，仍然和绝句没甚差别，不过上下阕前三句都是句句协韵，表示情感的迫促，至第四句才用仄收，隔句一协，略转和婉，与七绝情调有所不同而已。

再如《菩萨蛮》：

> 平林漠漠烟如织，寒山一带伤心碧。暝色入高楼，有人楼上愁。　玉阶空伫立，宿鸟归飞急。何处是归程？长亭更短亭。
>
> ——传为李白作，见《唐宋诸贤绝妙词选》

这是混合五、七言绝句形式而加以错综变化，组织成功的。前后阕都用两句换韵，平仄互转；开首两个七言句的平仄安排又违反近体诗的惯例，是适宜于表现迫促情绪的。

又如《卜算子》：

> 缺月挂疏桐，漏断人初静。谁见幽人独往来，缥缈孤鸿影。　惊起却回头，有恨无人省。拣尽寒枝不肯栖，寂寞沙洲冷。
>
> ——苏轼《东坡乐府》

这也是参用五、七言近体诗的句式组成的，而两句一联中的平仄安排全部违反近体诗的惯例，并且韵部都得用上、去声，所以和婉之中，微带拗怒，适宜表达高峭郁勃的特殊情调，和《菩萨蛮》显示的声情又有差别。

上面约略举了几个例子，以说明近体诗和曲子词在句式和声韵上的演化关系。这只是就短调小令来讲，至于慢曲长调，那它的变化就更加错综复杂得多了。

谈到慢曲长调，有的原是单独存在的杂曲，有的却从整套大曲中抽出一遍来，配上歌词，独立演唱。王灼就曾说过："凡大曲，就本宫调制引、序、慢、近、令，盖度曲者常态。"（《碧鸡漫志》卷三）例如《水调歌》，据《乐府诗集》卷七十九《近代曲辞》解题："唐曲凡十一叠，前五叠为歌，后六叠为入破，其歌第五叠五言，调声最为怨切。"当时所配歌词，前五叠为七绝四首、五绝一首，后六叠为七绝五首、五绝一首。怎样缀合虚声以应曲拍，以音谱无存，无法考查。至填词所用《水调歌头》，该是摘用《水调歌》前五叠的曲拍，演成下面这种格式：

明月几时有？把酒问青天。不知天上宫阙，今夕是何年？我欲乘风归去，又恐琼楼玉宇，高处不胜寒。起舞弄清影，何似在人间！　转朱阁，低绮户，照无眠。不应有恨，何事长向别时圆？人有悲欢离合，月有阴晴圆缺，此事古难全。但愿人长久，千里共婵娟。

——苏轼《东坡乐府》

这是用三、四、五、六、七言的不同句式混合组成，而以五言为主，副以两个六言偶句。其五言或六言偶句的平仄安排，亦皆违反近体律诗的惯例，它的音节高亢而稍带凄音，殆仍符合“第五叠五言调声最为怨切”的遗响。

又如《梁州》大曲，据王灼称，曾见一本，有二十四段，叫作《凉州排遍》。他说：“后世就大曲制词者类皆简省，而管弦家又不肯从首至尾吹弹，甚者学不能尽。”（《碧鸡漫志》卷三）他所见到的《凉州排遍》，大概也就是元稹《琵琶歌》里面所提“梁州大遍最豪嘈”的《梁州大遍》中的一部分。这排遍竟有二十四段之多，而《乐府诗集》卷七十九所载《凉州歌》只存五段，前三段配以七绝二首、五绝一首，后排遍二段，都配上一首七绝。后来有人从其中摘出一两段，演出成为《梁州令叠韵》：

田野闲来惯，睡起初惊晓燕。樵青走挂小帘钩，南园昨夜，细雨红芳遍。　　平芜一带烟光浅，过尽南归雁。江云渭树俱远，凭阑送目空肠断。　　好景难常占，过眼韶华如箭。莫教鶗鴂送韶华，多情杨柳，为把长条绊。　　清尊满酌谁为伴？花下提壶劝。何妨醉卧花底，愁容不上春风面。

——晁补之《晁氏琴趣外篇》卷一

这前两段和后两段的句式和声韵安排完全一样，可能是就原有曲拍截取一、二段制为小令，再在填词时重复一次，所以叫作《梁州令叠韵》。把它和《乐府诗集》所传五段歌词来相对照，这种错综变化是无任何迹象可寻了。

又如《霓裳羽衣曲》，据白居易和元微之《霓裳羽衣舞歌》自注："散序六遍，无拍，故不舞也。中序始有拍，亦名拍序。"又说："《霓裳》曲十二遍而终。凡曲将毕，皆声拍促速，惟《霓裳》之末，长引一声也。"（《白氏长庆集》）从这些话里面，可以推测到唐大曲的一般结构；而这《霓裳羽衣曲》的节奏，恰如白氏此歌所形容："繁音急节十二遍，跳珠撼玉何铿铮！"又称："中序擘騞初入拍，秋竹竿裂春冰坼"，正可推想到这一套最负重名的大曲的声容态度是怎样动人的。南宋音乐家姜夔曾称："于乐工故书中得《商调·霓裳曲》十八阕，皆虚谱无辞。……予不暇尽作，作'中序'一阕，传于世。"他所作的《霓裳中序第一》，其词如下：

亭皋正望极，乱落江莲归未得。多病却无气力，况纨扇渐疏，罗衣初索。流光过隙，叹杏梁双燕如客。人何在？一帘淡月，仿佛照颜色。　幽寂，乱蛩吟壁，动庾信清愁似织。沉思年少浪迹，笛里关山，柳下坊陌。坠红无信息，漫暗水涓涓溜碧。漂零久，而今何意？醉卧酒垆侧。

——《白石道人歌曲》

细玩姜词的音节，在韵位和平仄安排上，都使人有"秋竹竿裂春冰坼"的感觉。这些曲词是紧密结合原有曲调的抑扬抗坠，巧妙运用四声字调而组成，非一般近体诗的格律所能概括得了的。

第三讲　选调和选韵

填词既称倚声之学，不但它的句度长短，韵位疏密，必须与所用曲调（一般叫作词牌）的节拍恰相适应，就是歌词所要表达的喜、怒、哀、乐，起伏变化的不同情感，也得与每一曲调的声情恰相谐会，这样才能取得音乐与语言、内容与形式的紧密结合，使听者受其感染，获致“能移我情”的效果。北宋音乐理论家沈括就曾说过：“唐人填曲，多咏其曲名，所以哀乐与声，尚相谐会。今人则不复知有声矣！哀声而歌乐词，乐声而歌怨词，故语虽切而不能感动人情，由声与意不相谐故也。”（《梦溪笔谈》卷五《乐律》）“声与意不相谐”，由于填词者对每一曲调的声容不曾做过深入的体味，尤其在词体逐渐脱离音乐不复可歌之后，学者只知按着一定格式任意“填”词，尽管平仄声韵一点儿不差，但最主要的各个曲调原有的声情却被弄反了，那当然是很难感动人心的。譬如《六州歌头》，只适宜于抒写苍凉激越的豪迈感情，如果拿来填上缠绵哀婉、抒写儿女柔情的歌词，那就必然要导致“声与意不相谐”的结果。南宋初期的程大昌就曾提到：“《六州歌头》，本鼓吹曲也。近世好事者倚其声为吊古词，音调悲壮，又以古兴亡事实文之。闻其歌，使人慷慨，良不与艳词同科，诚可喜也。”（《词林纪事》卷九引《演繁露》）这就说明此一曲调的声情是只适宜于表达激越怀抱的。现存宋人作品以贺铸为最早。南宋初期此词填的最多，也恰恰反映了时代特点。兹举贺铸和张孝祥所作各一阕为例：

1. 贺作：

少年侠气，交结五都雄。肝胆洞，毛发耸。立谈中，死生同，一诺千金重。推翘勇，矜豪纵，轻盖拥，联飞鞚，斗城东。轰饮酒垆，春色浮寒瓮，吸海垂虹。闲呼鹰嗾犬，白羽摘雕弓，狡穴俄空，乐匆匆。　似黄粱梦，辞丹凤；明月共，漾孤篷。官冗从，怀倥偬，落尘笼，簿书丛。鹖弁如云众，供粗用，忽奇功。笳鼓动，渔阳弄，思悲翁，不请长缨，系取天骄种，剑吼西风。恨登山临水，手寄七弦桐，目送归鸿。

——《东山乐府》

2. 张作：

长淮望断，关塞莽然平。征尘暗，霜风劲，悄边声，黯销凝。追想当年事，殆天数，非人力，洙泗上，弦歌地，亦膻腥。隔水毡乡，落日牛羊下，区脱纵横。看名王宵猎，骑火一川明，笳鼓悲鸣，遣人惊。　念腰间箭，匣中剑，空埃蠹，竟何成！时易失，心徒壮，岁将零。渺神京，干羽方怀远，静烽燧，且休兵。冠盖使，纷驰骛，若为情？闻道中原遗老，常南望、翠葆霓旌。使行人到此，忠愤气填膺，有泪如倾。

——《于湖居士长短句》

从这个词牌的声韵安排上来谈，它连用了大量的三言短句，一气驱使，旋折而下，构成了它的“繁音促节”，恰宜表达紧张急迫激昂慷慨的壮烈情绪。贺铸掌握了这一特点，选用了音色洪亮的“东钟”韵部，更以平、上、去三声互协，几乎句句押韵，增加了它那“繁音促节”的声容之美，恰与作者所要发抒的奇情壮采相称，烘托出一种苍凉郁勃的不平之鸣，和元杂剧家关汉卿《不伏老》北曲散套的气派差相仿佛，是值得我们深入探讨的。张孝祥把这词牌用来抒写个人对南宋初期强敌压境而统治阶级却一味屈辱求和的悲愤感情，改用了清劲的“庚青”韵部，也能显示出本曲的激壮情调，具有强烈的感染力。但他忽略了仄韵部分，对“繁音促节”的声容之美是较欠缺的。和辛弃疾同时的韩元吉，也曾选用过这一词牌来表达个人的柔情别绪：

东风着意，先上小桃枝。红粉腻，娇如醉，倚朱扉。记年时，隐映新妆面，临水岸，春将半，云日暖。斜桥转，夹城西。草软莎平，跋马垂杨渡，玉勒争嘶。认蛾眉凝笑，脸薄拂燕支。绣户曾窥，恨依依。　共携手处，香如雾，红随步，怨春迟。消瘦损，凭谁问？只花知，泪空垂。旧日堂前燕，和烟雨，又双飞。人自老，春长好，梦佳期。前度刘郎，几许风流地，花也应悲。但茫茫暮霭，目断武陵溪，往事难追。

——《南涧诗余》

作者只体会到“繁音促节”适宜表现紧促心情的一面，同时也了解到兼协仄韵是可以增加本调的声容之美，他却选用了“萎而不振”的“支思”和“齐微”两部韵，虽然和他所要表达的感情是颇相适应的，但和本调的原有声情却是截然两回事了。

唐宋遗谱，在元明之后，几乎全部失传。敦煌发现的唐写本琵琶谱中还保存了若干曲调，而且标明急曲子的有《胡相问》一曲，标明慢曲子的有《西江月》、《心事子》二曲，标明慢曲子和急曲子交递使用的有《倾杯乐》、《伊州》二曲。大抵《倾杯乐》和《伊州》是属于成套的大曲，所以一段慢调、一段急调，更替着演奏，借以表达疾徐变化的不同情感。但这个琵琶谱都是有声无辞的，我们还没有办法拿来说明这些曲调的声词配合的关系。除此以外，就只有姜夔的十七支自度曲，旁缀音谱（并见《白石道人歌曲》）；又明人王骥德从文渊阁所藏《乐府浑成》录出小品谱两段（《方诸馆曲律》卷四《杂论》第三十九下），可供探讨。所以，要一一说明唐宋词所用曲调的声情究竟怎样，是有困难的。但就前人遗作予以参互比较，把每一曲调的句度长短、字音轻重、韵位疏密和它的整体结构弄个明白，也就可以仿佛每一曲调的声容，使“哀乐与声，尚相谐会”。例如短调中的《破阵子》，是适宜表达激昂情绪的。举辛弃疾所作《为陈同甫赋壮词以寄之》如下：

醉里挑灯看剑，梦回吹角连营。八百里分麾下炙，五十弦翻塞外声，沙场秋点兵。　马作的卢飞快，弓如霹雳弦惊，了却君王天下事，赢得生前身后名，可怜白发生。

——《稼轩长短句》

我们仔细玩味一下这个调子的声情所以激壮，主要在前后阕的两个七言偶句，正和《满江红》的两个七言偶句性质相近。一般词调内，遇到连用长短相同的句子而作对偶形式的，所有相当地位的字调，如果是平仄相反，那就会显示和婉的声容，相同就要构成拗怒，就等于阴阳不调和，从而演为激越的情调。这关键有显示在句子中间的，也有显示在句末一字的。单就《破阵子》和《满江红》两个曲调，可以窥探出这里面的一些消息。至于苏辛派词人所常使用的《水龙吟》、《念奴娇》、《贺新郎》、《桂枝香》等曲调，所以构成拗怒音节，适宜于表现豪放一类的思想感情，它的关键在于几乎每句都用仄声收脚，而且除《水龙吟》例用上去声韵，声情较为郁勃外，余如《满江红》、《念奴娇》、《贺新郎》、《桂枝香》等，如果用来抒写激壮情感，就必须选用短促的入声韵，才能情与声会，取得“读之使人慷慨”的效果。《满江红》也可改作平韵，姜夔曾在巢湖用为迎神送神的歌曲。列举如下：

仙姥来时，正一望、千顷翠澜。旌旗共、乱云俱下，依约前山。命驾群龙金作轭，相从诸娣玉为冠。（自注：庙中列坐如夫人者十三人。）向夜深、风定悄无人，闻佩环。　神奇处，君试看。奠淮右，阻江南。遣六丁雷电，别守东关。却笑英雄无好手，一篙春水走曹瞒。又怎知、人在小红楼，帘影间。

——《白石道人歌曲》

作者把许多收脚的字调都改用了平声，就立刻使人感到音节谐婉，富有雍容华贵的情调。此作和岳飞的作品对读，一舒徐而一紧促，风致是绝不相同的了。

短调小令，那些声韵安排大致接近近体律、绝诗而例用平韵的，有如《忆江南》、《浣溪沙》、《鹧鸪天》、《临江仙》、《浪淘沙》之类，音节都是相当谐婉的，可以用来表达各种忧乐不同的思想感情，差别只在韵部的适当选用。这里暂不多谈了。

适宜表达轻柔婉转、往复缠绵情绪的长调的，有如：

《满庭芳》：

山抹微云，天粘衰草，画角声断谯门。暂停征棹，聊共饮离樽。多少蓬莱旧事，空回首、烟霭纷纷。斜阳外，寒鸦数点，流水绕孤村。　销魂！当此际，香囊暗解，罗带轻分。漫赢得青楼，薄幸名存。此去何时见也？襟袖上、空惹啼痕。伤情处，高城望断，灯火已黄昏。

——秦观《淮海居士长短句》

《木兰花慢》：

拆桐花烂漫，乍疏雨，洗清明。正艳杏烧林，缃桃绣野，芳景如屏。倾城，尽寻胜去，骤雕鞍绀幰出郊坰。风暖繁弦脆管，万家竞奏新声。　盈盈，斗草踏青，人艳冶，递逢迎。向路旁往往，遗簪堕珥，珠翠纵横。欢情，对佳丽地，信金罍罄竭玉山倾。拼却明朝永日，画堂一枕春酲。

——柳永《乐章集》

《凤凰台上忆吹箫》：

香冷金猊，被翻红浪。起来慵自梳头。任宝奁尘满，日上帘钩。生怕离怀别苦，多少事、欲说还休。新来瘦，非干病酒，不是悲秋。　休休，这回去也，千万遍阳关，也则难留。念武陵人远，烟锁秦楼。惟有楼前流水，应念我、终日凝眸。凝眸处，从今又添，一段新愁。

——《唐宋诸贤绝妙词选》卷十录李清照《漱玉词》

我们只要约略检查一下上面三个长调的声韵组织、平仄安排以及对偶关系，就很清楚地看出它是适宜于表达柔情的。它在结构方面，尽管句度参差，有了许多变化，但在运用声律上，却是牢牢掌握住近体诗的基本法则，从而它所构成的音节也就特别和谐悦耳。当然，由于作者选用各个不同韵部，也就可以表现各类不同情感，然而基本情调却是一致的。

适宜表现苍凉郁勃情绪的长调的，有如《摸鱼儿》：

更能消、几番风雨，匆匆春又归去！惜春长怕花开早，何况落红无数。春且住！见说道、天涯芳草无归路。怨春不语。算只有殷勤，画檐蛛网，尽日惹飞絮。

长门事，准拟佳期又误。蛾眉曾有人妒。千金纵买相如赋，脉脉此情谁诉？君莫舞！君不见、玉环飞燕皆尘土。闲愁最苦。休去倚危栏，斜阳正在，烟柳断肠处。

——辛弃疾《淳熙己亥，自湖北漕移湖南，同官王正之置酒小山亭，为赋》，见《稼轩长短句》

这个长调的音节用“欲吞还吐”的吞咽式组成。关键在开端就运用一个上三下四的逆挽句式，再加上前后阕又都使用了三言短句，接着一个上三下七的特殊句式，从而呈现着一种低徊往复、掩抑零乱的姿态。韵位安排又是那么忽疏忽密，显示着“欲语情难说出”的哽咽情调，而且必得选用上去声韵部，不能像用入声韵那样可以尽情发泄，使人低吟密咏，大有白居易“幽咽泉流冰下难”（《琵琶行》）之感。填写这长调的作品，最早见于晁补之：

买陂塘、旋栽杨柳，依稀淮岸江浦。东皋嘉雨新痕涨，沙觜鹭来鸥聚。堪爱处，最好是、一川夜月光流渚。无人独舞。任翠幄张天，柔茵藉地，酒尽未能去。

青绫被，莫忆金闺故步，儒冠曾把身误。弓刀千骑成何事？荒了邵平瓜圃。君试觑，满青镜、星星鬓影今如许！功名浪语。便似得班超，封侯万里，归计恐迟暮。

——《晁氏琴趣外篇》卷一《东皋寓居》

这情调和辛词基本上是一致的，不过辛词所感更深，情绪也更郁勃。刘熙载说：“辛词所本，即无咎（补之字）《摸鱼儿》'买陂塘旋栽杨柳'之波澜。"（《艺概》卷四《词曲概》）也只是就它的声容态度上来讲的。

短调小令类似上面这种适宜抒写幽咽情调的，有《蝶恋花》、《青玉案》等，也都得选用上去声韵部。例如欧阳修的《蝶恋花》：

庭院深深深几许？杨柳堆烟，帘幕无重数。玉勒雕鞍游冶处，楼高不见章台路。　　雨横风狂三月暮。门掩黄昏，无计留春住。泪眼问花花不语，乱红飞过秋千去。

——《六一词》

又如贺铸的《青玉案》：

凌波不过横塘路，但目送，芳尘去。锦瑟年华谁与度？月桥花院，琐窗朱户，只有春知处。　　飞云冉冉蘅皋暮，彩笔新题断肠句。试问闲愁都几许？一川烟草，满城风絮，梅子黄时雨。

——《东山乐府》

这两个短调所以适宜表达低徊掩抑、哽咽幽怨的感情，是因为全阕除《蝶恋花》的四言句外，整个都用仄声字收脚，这就呈现一种拗怒的声容，也饱含欲吞还吐的情调。举一反三，对选调填词，是倚声家所宜细心体验的。

关于不同韵部表现不同情感，也就是掌握第一讲所提到的“由乎玄黄律吕，各适物宜”的基本法则来灵活运用，上面也曾约略举例说明过了。

那么，究竟各个韵部的性质有什么不同呢？词韵是平声和入声独用，上声和去声同用。清初黄周星论曲，有“三仄更须分上去，两平还要辨阴阳”的说法（见黄周星《制曲枝语》）。这在填词时也得予以注意，且待第八讲中再为仔细分析。

词韵的分部，据所传南宋初期菉斐轩刊本《词林韵释》，并以平统上、去，又将入声派入其他三声。有人说是为填写北曲而设。它的韵目如下：

（1）东红	（2）邦阳	（3）支时
（4）齐微	（5）车夫	（6）皆来
（7）真文	（8）寒间	（9）鸾端
（10）先元	（11）萧韶	（12）和何
（13）嘉华	（14）车邪	（15）清明

（16）幽游　　（17）金音　　（18）南山

（19）占炎

把这韵目来和确为北曲而设的《中原音韵》（元高安周德清著）两相比较，还是颇有出入的。周的分部如下：

（1）东钟　　（2）江阳　　（3）支思

（4）齐微　　（5）鱼模　　（6）皆来

（7）真文　　（8）寒山　　（9）桓欢

（10）先天　　（11）萧豪　　（12）歌戈

（13）家麻　　（14）车遮　　（15）庚青

（16）尤侯　　（17）侵寻　　（18）监咸

（19）廉纤

这十九部韵的不同性质，据明人王骥德说：

各韵为声，亦各不同。如“东钟”之洪，“江阳”、“皆来”、“萧豪”之响，“歌戈”、“家麻”之和，韵之最美听者。“寒山”、“桓欢”、“先天”之雅，“庚青”之清，“尤侯”之幽，次之。“齐微”之弱。“鱼模”之混，“真文”之缓，“车遮”之用杂入声，又次之。“支思”之萎而不振，听之令人不爽。至“侵寻”、“监咸”、“廉纤”，开之则非其字，闭之则不宜口吻，勿多用可也。

——《方诸馆曲律》卷三《杂论》第三十九上

他虽是为着唱曲来谈，而且谈得也很笼统，但各韵部的声情不同，确是事实，在填词选韵时也是值得参考的。

明末沈谦另编《词韵》，也分十九部，但平上去并为十四部，每部拈出平上各一字作为韵目，又别立入声韵五部。全目如下：

(1) 东董　(2) 江讲　(3) 支纸
(4) 鱼语　(5) 佳蟹　(6) 真轸
(7) 元阮　(8) 萧筱　(9) 歌哿
(10) 麻马　(11) 庚梗　(12) 尤有
(13) 侵寝　(14) 覃感　(15) 屋沃
(16) 觉药　(17) 质陌　(18) 物月
(19) 合洽

清道光间，吴人戈载又著《词林正韵》，虽比较精密，但也只是把唐韵二百六部合并为平上去十四部、入声五部，基本上还是和沈书相同的。

语言随着时代和地域的不同而不断发生变化，韵部也就跟着常有分合，但除《中原音韵》以下的北音系统消灭了入声，和词韵截然殊致外，其他各部还是差别不大的。

第四讲　论句度长短与表情关系

长短句歌词的形式之美，是根据“奇偶相生、轻重相权”的八字法则加以错综变化而构成的。它一方面依照每一曲调的抑扬抗坠的音节，参之以曲中所表感情的起伏动荡而给以妥善的安排；一方面吸收《诗经》、《楚辞》以至汉魏六朝乐府诗和唐代各大诗家所创古、近体诗的特殊音节而予以“各适物宜”的调剂；这样取得音乐与语言的密切结合，经过无数诗人与民间艺人的不断实践，使得每一词牌的句式和韵位，都有了它的定型。我们要在有丰富遗产的古典诗词基础上推陈出新，以利新型格律诗和各种戏曲或曲艺唱词的发展，这问题是值得仔细探讨的。

根据个人对唐宋曲子词的学习经验，并以同一类型的词牌的分析比较，乃至同一词牌不同作家作品的对勘，深切感到这一特殊形式，虽然宋元以后已和原有曲调的音乐脱离，以至成为“句读不葺之诗”，但它的句式参差，看来好像非常自由，而实际得受多方面的制约，对表达喜怒哀乐等不同情感，关系却是十分重大的。

一般说来，每一歌词的句式安排，在音节上总不出和谐与拗怒两种。而这种调节关系，有表现在整阕每个句子中间的，有表现在每个句子的落脚字的。表现在整体结构上的，首先要看它在句式奇偶和句度长短方面怎样配置，其次就看它对每个句末的字调怎样安排，从这上面显示语气的急促与舒徐，声情的激越与和婉。例如第三讲中所举的《六州歌头》，就因为它接连使用三言短句，构成繁音促节，所以适宜表达激昂慷慨的壮烈情感。在小令短调中，有如《钗头凤》：

> 红酥手，黄縢酒，满城春色宫墙柳。东风恶，欢情薄。一怀愁绪，几年离索。错！错！错！　春如旧，人空瘦，泪痕红浥鲛绡透。桃花落，闲池阁。山盟虽在，锦书难托。莫！莫！莫！
>
> ——陆游《放翁词》

这一曲调，上下阕各叠用四个三言短句，两个四言偶句，一个三字叠句，而且每句都用仄声收脚，尽管全阕四换韵，但不使用平仄互换来取得和婉，却在上半阕以上换入，下半阕以去换入，这就构成整体的拗怒音节，显示一种情急调苦的姿态，是恰宜表达作者当时当地的苦痛心情的。

又如《撼庭秋》：

别来音信千里，恨此情难寄。碧纱秋月，梧桐夜雨，几回无寐。　楼高目断，天遥云黯，只堪憔悴。念兰堂红烛，心长焰短，向人垂泪。

——晏殊《珠玉词》

这一曲调的组成几乎全部都是用的偶句，而上半阕在开首一个六言偶句之后，接上一个改用逆入的上一下四句式，把冲动的感情勉强拽住，恰如书法家所谓“无垂不缩”的道理，以下接着三个四言偶句，句句仄收，显示一种倔强的情调。下半阕在前后重复运用这个形式中间，只加一个承上领下的去声字（“念”字），使整个音节呈现着一种劲挺的姿势。应用这类的曲调来表达离情，是不会流于软媚的。

推演这类句式的节奏声容，从而构成适宜抒写凄壮郁勃情绪的长调，有如《水龙吟》是最好的范例：

楚天千里清秋，水随天去秋无际。遥岑远目，献愁供恨，玉簪螺髻。落日楼头，断鸿声里，江南游子。把吴钩看了，阑干拍遍，无人会，登临意。　休说鲈鱼堪脍，尽西风、季鹰归未？求田问舍，怕应羞见，刘郎才气。可惜流年，忧愁风雨，树犹如此！倩何人唤取，红巾翠袖，揾英雄泪？

——辛弃疾《登建康赏心亭》，见《稼轩长短句》

这一长调的整体结构主要是以十七个四言偶句构成，而上下阕各以三个偶句组成一个片段。但从整体上看，又复偶中有奇，俨然如岑参《走马川行》中“轮台九月风夜吼，一川碎石大如斗，随风满地石乱走”那样三句一气联翩直下的变格，和《撼庭秋》的句式配置则完全相同。除了前半阕的句脚字用了两个平声，后半阕又用一个平声，从而使音节略转谐婉外，其余并用仄声收脚。而在前半阕的后段，用了一个“把”字，领下两个四言偶句、两个三言奇句；后半阕的后段，用了一个“倩”字，领下三个四言偶句，结尾更用上一下三的特殊句式，予以逆折顿挫，恰好显示本曲的凄壮郁勃的声容态度。

至于多用三言短句构成短调小令，乍看有些和《钗头凤》组织形式相像的，有如《更漏子》：

玉炉香，红蜡泪，偏照画堂秋思。眉翠薄，鬓云残，夜长衾枕寒。　　梧桐树，三更雨，不道离情正苦。一叶叶，一声声，空阶滴到明。

——温庭筠《花间集》

这一短调虽然上下阕同样用了四个三言奇句，但落脚则一平一仄更迭使用，韵部亦平仄互转，这就构成和婉音节，情调迥不相同了。

连用多数仄声收脚而又杂有特殊句式组成的短调小令，常是显示拗峭劲挺的声情，适宜表达“孤标耸立”和激越不平的情调。例如《好事近》：

春路雨添花，花动一山春色。行到小溪深处，有黄鹂数百。　　飞云当面化龙蛇，夭矫转空碧。醉卧古藤阴下，了不知南北。

——秦观《梦中作》，见《淮海居士长短句》

摇首出红尘，醒醉更无时节。活计绿蓑青笠，惯披霜冲雪。　　晚来风定钓丝闲，上下是新月。千里水天一色，看孤鸿明灭。

——朱敦儒《渔父词》，见《樵歌》

凝碧旧池头，一听管弦凄切。多少梨园声在，总不堪华发。　　杏花无处避春愁，也傍野烟发。惟有御沟声断，似知人呜咽。

——韩元吉《汴京赐宴，闻教坊乐，有感》，见《南涧诗余》

这一短调的声容所以拗峭激越，主要关键在上下阕除第一句落脚字用平声外，以下连用仄收；而且下半阕的第二句必得使用“仄仄仄平仄”，构成拗怒的音节，两结句又必须用逆入的上一下四句式；全阕必须选用短促的入声韵部，才能使“情与声会”，恰好烘托出上面所举诸例的特定内容。

还有和《撼庭秋》同一类型而和《钗头凤》、《好事近》的声容态度差相仿佛的短调，例如《盐角儿》：

开时似雪，谢时似雪，花中奇绝。香非在蕊，香非在萼，骨中香彻。　　占溪风，留溪月，堪羞损、山桃如血。直饶更疏疏淡淡，终有一般情别。

——晁补之《亳社观梅》，见《晁氏琴趣外篇》

又如《忆少年》：

无穷官柳，无情画舸，无根行客。南山尚相送，只高城人隔。　罨画园林溪绀碧，算重来、尽成陈迹。刘郎鬓如此，况桃花颜色！

——晁补之《别历下》，见《晁氏琴趣外篇》

这《盐角儿》上半阕的句式和声韵组织，几乎全部和《撼庭秋》的下半阕相同；下半阕虽然开首就用了两个三言对句，而且句脚用了平仄声递收，似乎转入谐婉；但接着连用两个上三下四的特殊句式，直到末了，都用仄声收脚；韵部又选用短促的入声，这就充分显示着拗峭劲挺的激越情调，恰称梅花标格。《忆少年》的上半阕连用三个四言偶句，和《盐角儿》同一机杼；接着又用一个“平平去平仄”的拗句，一个逆入的上一下四句式，它那激越的情调已经充分呈现出来了。下半阕第二句又运用了上三下四的特殊句式；接着又是一个“平平去平仄”的拗句和一个上一下四的顿挫句；加上整个仄声收脚，而且用的都是入声韵，这就构成它那迫切凄厉的声容，恰好表达出作者的万般感慨。

至于平仄韵互换，和《更漏子》略相仿佛的单调小令，有如《调笑令》：

河汉，河汉，晓挂秋城漫漫。愁人起望相思，江南塞北别离。离别，离别，河汉虽同路绝。

——韦应物《韦江州集》

杨柳，杨柳，日暮白沙渡口。船头江水茫茫，商人少妇断肠。肠断，肠断，鹧鸪夜飞失伴。

——《乐府诗集》卷七十九，《近代曲辞》录王建作

这一曲调，首尾并用两个二言叠句，接着一个六言偶句；中腰又用两个六言偶句；违反了“奇偶相生”的和谐法则。虽然韵部平仄略见谐调，取得婉转相应的效果，总的说来，情调是迫促的。

提到慢曲长调，在音节上呈现拗怒激越声情的，一般更是多用仄声收脚的四言和六言偶句，杂以二言或三言短句，并押入声部韵。例如《兰陵王》：

柳阴直，烟里丝丝弄碧。隋堤上，曾见几番，拂水飘绵送行色？登临望故国。谁识，京华倦客？长亭路，年去岁来，应折柔条过千尺。　闲寻旧踪迹。又酒趁哀弦，灯照离席。梨花榆火催寒食。愁一箭风快，半篙波暖，回头迢递便数驿，望人在天北。　凄恻，恨堆积。渐别浦萦回，津堠岑寂。斜阳冉冉春无极。念月榭携手，露桥闻笛。沉思前事，似梦里，泪暗滴。

——周邦彦《清真集》

据毛幵《樵隐笔录》："绍兴初，都下盛行周清真咏柳《兰陵王慢》，西楼南瓦皆歌之，谓之《渭城三叠》。以周词凡三换头，至末段，声尤激越，惟教坊老笛师能倚之以节歌者。"这《兰陵王》的曲谱，现仍保留于日本，灌有留声机片。我们单就周词的句度安排和声韵组织来试探它的"至末段，声尤激越"的原因。在句式上，末段用了一个二言、三个三言短句，又以一个去声"渐"字领两个四言偶句，一个去声"念"字也领两个四言偶句；而在一句之中的平仄安排，又故意违反调声常例，有如"津堠岑寂"的"平去平入"，"月榭携手"的"入去平上"，"似梦里"的"上去上"，"泪暗滴”的“去去入”；又在每句的落脚字，除“渐别浦萦回”独用平声，较为和婉外，其余并用仄收：这就构成它的拗怒音节，显示激越声情，适宜表达苍凉激越的情调。再看它的整体结构。第一段用了一个二言、三个三言短句和三个四言、一个六言偶句，虽然中间参错着一个五言、两个七言奇句，好像符合“奇偶相生”的调整规律，但在句中的平仄安排，却又违反调声常例，有如“拂水飘绵送行色”的“入上平平去平入”，“登临望故国”的“平平去去入”，“应折柔条过千尺”的“平入平平去平入”，又都构成拗怒的音节。第二段用了一个以去声“又”字领两个四言偶句和一个以平声“愁”字领两个四言偶句，虽然参错着两个五言、两个七言奇句，似乎有了“奇偶相生”的谐婉音节，但句中的平仄安排却又违反调声常例，有如“闲寻旧踪迹”的“平平去平入”，“回头迢递便数驿”的“平平平去去去入”，“望人在天北”的“去平去平入”，加上偶句“灯照离席”的“平去平入”，“一箭风快”的“入去平去”，都是一些不能自由变更的拗句。把这三段的声韵组织联系起来，仔细体味，确是越来越紧，充分显示激越声情，和一种软媚的靡靡之音是截然殊致的。

有的慢曲长调，虽然在句度上显示“奇偶相生”之美，但奇句多用逆入式的特殊句法，偶句多用六言句式，而且在句中的平仄安排上又多拗犯，也一样可以构成激越的声情。例如《浪淘沙慢》：

> 晓阴重，霜凋岸草，雾隐城堞。南陌脂车待发，东门帐饮乍阕。正拂面垂杨堪揽结，掩红泪、玉手亲折。念汉浦离鸿去何许？经时信音绝。 情切，望中地远天阔。向露冷风清无人处，耿耿寒漏咽。嗟万事难忘，唯是轻别。翠樽未竭，凭断云、留取西楼残月。 罗带光销纹衾叠，连环解、旧香顿歇。怨歌永、琼壶敲尽缺。恨春去、不与人期，弄夜色，空余满地梨花雪。
>
> ——周邦彦《清真集》

这一长调的句法变化和拗句太多了。有如“掩红泪玉手亲折”（上平去入上平入）是上三下四的拗句；“连环解旧香顿歇”（平平上去平去入）和“恨春去不与人期”（去平去入上平平）是上三下四的平句。又如“正拂面垂杨堪揽结”（去入去平平平上入）是以一领七的平句，“念汉浦离鸿去何许”（去去上平平去平上）和“向露冷风清无人处”（去去上平平平平去）是以一领七的拗句，“凭断云留取西楼残月”（平去平平上平平平入）是上三下六的平句，“怨歌永琼壶敲尽缺”（去平上平平平去入）是上三下五的平句。这都是一些错综变化的特殊句式。还有一些拗句，如“雾隐城堞”的“去上平入”，“东门帐饮乍阕”的“平平去上去入”，“望中地远天阔”的“去平去上平入”，“耿耿寒漏咽”的“上上平去入”，“唯是轻别”的“平去平入”，“罗带光销纹衾叠”的“平去平平平平入”，“弄夜色”的“去去入”，都是构成拗怒音节的主要条件。把这许多拗句和特殊句式联系起来，取得和谐与拗怒的矛盾的统一。这也就是王国维所称：“读其词者，犹觉拗怒之中，自饶和婉，曼声促节，繁会相宣，清浊抑扬，辘轳交往。”（《清真先生遗事》）这一切都是由原有曲调错综变化的节奏来决定的。

现在回过头来看看，要构成和婉的音节，在长短句的安排上，怎样最为适合“奇偶相生、轻重相权”的八字法则？我们首先就得注意哪些调子是最接近近体诗的形式，哪些是掺杂了其他不同句式，它的落脚字的平仄又是怎样安排的，就可以推测到每一音节和婉的曲调，哪种比较适宜抒写缠绵凄艳的感情，哪种比较适宜抒写雍容华贵的风度，哪种比较适宜抒写波澜壮阔的襟抱，哪种比较适宜抒写跌荡开扩的胸怀。这一切都得先仔细体会它们的声容，才可以够得上具备“倚声”的条件。

例如以三、五、七言句式构成而又使用平韵的词牌调，音节是最流美的。前几章中所提到的《忆江南》、《浣溪沙》、《鹧鸪天》一类短调，它们的句式都属奇数，而在整体上看，必得加上一两个对称的句子，这就使参差和整齐取得一种调剂，而使它们的声容态度趋于流丽谐婉。在五、七言近体诗的基础上再加变化，藉以增加它的声情之美的，有如下举诸调：

1.《小重山》：

春到长门春草青。玉阶华露滴，月胧明。东风吹断紫箫声。宫漏促，帘外晓啼莺。　愁极梦难成。红妆流宿泪，不胜情。手挼裙带绕阶行。思君切，罗幌暗尘生。

——薛昭蕴《花间集》

2.《南乡子》：

回首乱山横，不见居人只见城。谁似临平山上塔，亭亭，迎客西来送客行。　归路晚风清，一枕初寒梦不成。今夜残灯斜照处，荧荧，秋雨晴时泪不晴。

——苏轼《东坡乐府·送述古》

3.《南歌子》：

雨暗初疑夜，风回便报晴。淡云斜照著山明，细草软沙溪路马蹄轻。　卯酒醒还困，仙村梦不成。蓝桥何处觅云英？只有多情流水伴人行。

——苏轼《东坡乐府》

4.《江城子》：

十年生死两茫茫。不思量，自难忘。千里孤坟，无处话凄凉。纵使相逢应不识，尘满面，鬓如霜。　夜来幽梦忽还乡。小轩窗，正梳妆。相顾无言，惟有泪千行。料得年年肠断处，明月夜，短松岗。

——苏轼《东坡乐府·乙卯正月二十日夜记梦》

上述第一例《小重山》以三、五、七言参错间用，落脚字的平仄也很调匀，就使它的声容极掩抑低徊之致，恰宜表达缠绵悱恻的情感。第二例《南乡子》只是两首失黏格绝句诗的变体，前后阕首句减掉两字，而把它拉移到第三句下面，增多一个韵脚，使音节益趋于完美。第三例《南歌子》前后阕并以两个五言对句和一个七言、一个九言单句组成，由舒徐渐趋急促，末多两字，显得摇曳生姿，有余音袅袅、缠绵不尽之致。第四例《江城子》前后阕并以七、三、三、七、三、三中间夹一个上四下五的九言句式组成，上紧促而下沉咽，又复异其情态。上述四例基本上是属于音节流美的。至于《阮郎归》：

> 旧香残粉似当初，人情恨不如。一春犹有数行书，秋来书更疏。　衾凤冷，枕鸳孤，愁肠待酒舒。梦魂纵有也成虚，那堪和梦无！
>
> ——晏几道《小山词》

除后阕开端化七言单句为三言对句外，并以七言和五言更迭组成。它在整体上的平仄安排，每句的第二字都用平声，恰和《南乡子》的全用仄声相反，在情调上此较低沉而彼较高亢，所以适用的意境也有所不同。这一短调小令几乎句句押韵，一气紧逼而下，是较宜抒写缠绵低抑情调的。

至于例用平韵而以四言和五言或六言和五、七言混合组成的短调小令，它们的音节态度基本上也是属于流丽谐婉这一类型的。举例如下：

1.《少年游》：

长安古道马迟迟，高柳乱蝉嘶。夕阳岛外，秋风原上，目断四天垂。　归云一去无踪迹，何处是前期？狎兴生疏，酒徒萧索，不似去年时！

——柳永《乐章集》

并刀如水，吴盐胜雪，纤手破新橙。锦幄初温，兽香不断，相对坐调笙。　低声问：向谁行宿？城上已三更。马滑霜浓，不如休去，直是少人行。

——周邦彦《清真集》

2.《临江仙》：

梦后楼台高锁，酒醒帘幕低垂。去年春恨却来时。落花人独立，微雨燕双飞。　记得小蘋初见，两重心字罗衣。琵琶弦上说相思。当时明月在，曾照彩云归。

——晏几道《小山词》

夜饮东坡醒复醉，归来仿佛三更。家童鼻息已雷鸣。敲门都不应，倚杖听江声。　　长恨此身非我有，何时忘却营营？夜阑风静縠纹平。小舟从此逝，江海寄余生。

——苏轼《东坡乐府》

这两个短调，虽然句度长短各家略有出入，但都音节谐婉、声情掩抑，对整体的安排是异常匀称的。

接着再来谈谈仄韵短调的句式安排对表达不同情感的关系。例如范仲淹的《渔家傲》和《御街行》：

塞下秋来风景异，衡阳雁去无留意。四面边声连角起。千嶂里，长烟落日孤城闭。　　浊酒一杯家万里，燕然未勒归无计。羌管悠悠霜满地。人不寐，将军白发征夫泪。

——《范文正公诗余·渔家傲》

纷纷坠叶飘香砌。夜寂静，寒声碎。真珠帘卷玉楼空，天淡银河垂地。年年今夜，月华如练，长是人千里。　　愁肠已断无由醉。酒未到，先成泪。残灯明灭枕头敧，谙尽孤眠滋味。都来此事，眉间心上，无计相回避。

——《范文正公诗余·御街行》

这《渔家傲》前后阕除一个三言句外，约略相等于一首七言仄韵绝句，在句中的平仄安排是和谐的，而从整体的落脚字来看，音节却是拗怒的。加之句句押韵，显示着情绪的紧张迫促，是适宜于表达兀傲凄壮的爽朗襟怀的。《御街行》则是以三、五、七言的奇句和四、六言的偶句参互组成，看来好像最为适合“奇偶相生”的谐调规律，但前后阕除了中间一个七言句用了平收外，其余全用仄声收脚，这就构成了整体的拗怒多于和谐；而且下半阕连用一个六言、两个四言的偶句直逼而下，才用一个五言单句使劲顿住，这就显示着心胸开阔、英姿飒爽的苍莽气度，便是用来抒写儿女柔情，也绝不至流于软媚的。内容和形式的统一是千姿百态的，即使用的是同一题材，不同形式也能表现不同作者的不同性格。且看李清照的《一剪梅》：

红藕香残玉簟秋。轻解罗裳，独上兰舟。云中谁寄锦书来？雁字回时，月满西楼。　花自飘零水自流。一种相思，两处闲愁。此情无计可消除，才下眉头，却上心头。

——李清照《漱玉词》

这后阕的内容和词汇，不都和范仲淹《御街行》的后阕大致相仿吗？但是我们把来对读，细味两者的音节态度，后一作者的“亦易飘飏于风雨”（刘熙载评韦端己、冯正中诸家词语，见《艺概》卷四《词曲概》）的娇怯性气，不是很容易体味出来的吗？这《一剪梅》用了全部的平声收脚，充分显示着情调的低沉，是没法把它振作起来的。

至于慢曲长调，它的句式的错综变化更是多种多样的。怎样构成拗怒的音节？前面已经约略谈到过了。这里且再举几个用平韵构成和谐音节的长调为例，对句式安排上的声情加以分析。

极参差错落之致，藉以显示摇筋转骨、刚柔相济的声容之美，我觉得《八声甘州》这一长调是最能使人感到回肠荡气的。且把宋人诸名做举例如下：

1. 柳永：

对潇潇暮雨洒江天，一番洗清秋。渐霜风凄紧，关河冷落，残照当楼。是处红衰绿减，苒苒物华休。惟有长江水，无语东流。　　不忍登高临远，望故乡渺邈，归思难收。叹年来踪迹，何事苦淹留？想佳人、妆楼颙望，误几回、天际识归舟。争知我、倚阑干处，正恁凝愁！

——《乐章集》

2. 苏轼：

有情风万里卷潮来，无情送潮归。问钱塘江上，西兴浦口，几度斜晖？不用思量今古，俯仰昔人非。谁似东坡老，白首忘机？　记取西湖西畔，正春山好处，空翠烟霏。算诗人相得，如我与君稀。约他年、东还海道，愿谢公、雅志莫相违。西州路，不应回首，为我沾衣。

——《东坡乐府·寄参寥子》

3. 吴文英：

渺空烟四远，是何年青天坠长星？幻苍崖云树，名娃金屋，残霸宫城。箭径酸风射眼，腻水染花腥。时靸双鸳响，廊叶秋声。　宫里吴王沉醉，倩五湖倦客，独钓醒醒。问苍天无语，华发奈山青。水涵空、阑干高处，送乱鸦斜日落渔汀。连呼酒、上琴台去，秋与云平。

——《梦窗词集·灵岩陪庾幕诸公游》

上述三人的作品，在句读节奏方面虽然有些出入，而激楚苍凉的情调基本上是一致的。宋人传世之作以柳词为最早，我们要做声律上的分析，当然必须以柳词为标准。且看他是怎样来处理这节奏关系的：开端就用一个去声“对”字，领下一个七言平句和一个五言拗句；接着又用一个去声“渐”字，使劲顶住上面两个单句，领起下面三个四言偶句，而三个四言句中，又以最末一句紧束上面两个对句，就格外显得此词句法和章法如何取得参互和谐的声容之美。跟着递用六、五、五、四的句式，错综奇偶，婉转相生，不着一些滞相。过片使用一个六言偶句，作为过脉。接着又用一个去声“望”字顶住上句，领起下面两个四言偶句，构成参差和齐整的调协。再用一个去声“叹”字，把上文加紧束住，并即领起下面一个四言偶句和一个五言单句，对上文折入一步，愈转愈深。跟着换上一个上三下四的特殊句式，挺接一个上三下五的特殊句式，做出回眸却顾的态势，到此千回百折，跌荡生姿。更用逆入的上三下四，并于下四变二二为一三的特殊句式，紧接一个四言平句，总收全局。它的整体结构，是异常谐协的。

至于适宜铺张排比、显示宽宏器宇或雍容气度的慢曲长调，常是多用四言偶句作成对称格局，并于落脚字递换平仄作为谐调音节的主要手段。这该以《沁园春》作为最好范例：

叠嶂西驰，万马回旋，众山欲东。正惊湍直下，跳珠倒溅；小桥横截，缺月初弓。老合投闲，天教多事，检校长身十万松。吾庐小，在龙蛇影外，风雨声中。　争先见面重重，看爽气朝来三数峰。似谢家子弟，衣冠磊落；相如庭户，车骑雍容。我觉其间，雄深雅健，如对文章太史公。新堤路，问偃湖何日，烟水濛濛。

——辛弃疾《稼轩长短句·灵山齐庵赋，时筑偃湖未成》

何处相逢？登宝钗楼，访铜雀台。唤厨人斫就，东溟鲸脍；圉人呈罢，西极龙媒。天下英雄，使君与操，余子谁堪共酒杯？车千两，载燕南赵北，剑客奇才。　饮酣画鼓如雷，谁信被晨鸡轻唤回？叹年光过尽，功名未立；书生老去，机会方来。使李将军，遇高皇帝，万户侯何足道哉？披衣起，但凄凉感旧，慷慨生哀。

——刘克庄《后村别调·梦孚若》

《沁园春》长调格局恢张，饶有雍容气象。一起首叠用三个四言平收偶句，显示从容不迫的姿势。紧接一个仄声（最好用去声）领字，领起下面四个四言偶句，于严整中取得和谐。跟着又是两个四言对句，紧接一个七言单句，借以展开格局。挺接一个三言短句，再以一个仄声（最好用去声）字领下两个四言对句，于整齐格局中见参差抑扬之美。过片变三个四言偶句为一个六言平句和一个以一领七的特殊句，使得它在换气的地方呈现着骀荡生姿的风致。下面和前阕全部相同。像这类和谐开展的曲调，最宜抒写壮阔襟怀，表现恢弘器宇，因此历来多被豪迈磊落的英雄志士所爱采用。

和《沁园春》的恢张格局约略相近的，还有《风流子》：

木叶亭皋下，重阳近，又是捣衣秋。奈愁入庾肠，老侵潘鬓，漫簪黄菊，花也应羞。楚天晚，白蘋烟尽处，红蓼水边头。芳草有情，夕阳无语，雁横南浦，人倚西楼。　　玉容知安否？香笺共锦字，两处悠悠。空恨碧云离合，青鸟沉浮。向风前懊恼，芳心一点，寸眉两叶，禁甚闲愁？情到不堪言处，分付东流。

——张耒《柯山诗余》

这个曲调的组成，也很符合“奇偶相生”的和谐规律，并见掩抑低徊的恢张局势，但运用对偶不及《沁园春》的疏宕跳脱，所以只能成为缠绵悱恻的凄调。

此外如《忆旧游》、《高阳台》一类的长调，亦饶和婉凄抑之音，留待下面再讲，这里就暂不举例了。

第五讲　论韵位安排与表情关系

我国诗歌素来是讲究声韵的。韵脚的相谐，一则可使前后呼应，在五音繁会中取得调节的效果；二则表示情感的起伏变化，使得疾徐中节；三则利用收音相同，易于记忆，并引起联想。萧梁刘勰对声韵的作用早就有了精辟的阐明。他说："异音相从谓之和，同声相应谓之韵。"（《文心雕龙》卷七《声律》第三十三）"异音相从"属于句子中间的字调安排问题，必须四声更替使用，才能取得和谐。这是因为"声有飞沉，响有双叠，双声隔字而每舛，叠韵杂句而必睽，沉则响发而断，飞则声飏不还，并辘轳交往，逆鳞相比"。（同上）把每个不同字调安排得当，就可做到"声转于吻，玲玲如振玉；辞靡于耳，累累如贯珠"。（同上）张炎在论"字面"时，也曾提到"词中一个生硬字用不得，须是深加锻炼，字字敲打得响，歌诵妥溜，方为本色语"。（《词源》卷下）我们掌握了这个基本法则，就可以解决句法上的“声病”问题。要想把这些“振玉”、“贯珠”般的好句连缀起来，发挥绝大的感染力，就得进一步讲究韵位的疏密，怎样才最适宜于调节整体的相互关系，取得辞气与声情的紧密结合，达到思想性和艺术性的统一的顶峰。由于唐宋教坊乐家广泛吸收了当时民间流行的新兴曲子，或者在这些新兴曲子的基础上予以提高或创作，使乐坛上呈现着异样光彩；从而促醒诗人们注意吸取《诗经》、《楚辞》以逮汉魏六朝乐府诗与唐代大诗家在古、近体诗上的创格，穷究声韵的变化，以纳入各种新兴曲子中，遂能对韵位的安排极诸变态。大体说来，一般谐婉的曲调，例以隔句或三句一协韵为标准，韵位均匀，又多选用平声韵部的，率多呈现“纡徐为妍”的姿态。小令短调中，有如前面所提到过的《鹧鸪天》、《小重山》、《定风波》、《临江仙》等调皆是。在同一曲调中，凡属句句押韵的一段，声情比较迫促，隔句押韵的所在，即转入缓和。例如《浣溪沙》的上半阕句句押韵，情调较急；下半阕变作两个七言对句，隔句一协，便趋和缓。《鹧鸪天》除开首连押两韵外，皆隔句一协，那就更为从容谐婉了。至于《阮郎归》，则除下半阕变七言单句为三言两句，隔句一协，显示换气处略转舒缓外，余皆句句押韵，一气旋折而下，使人感到情急调苦，凄婉欲绝。例如第四讲中所提到的晏几道《小山词》[①]和下面所列举的两首词：

> 湘天风雨破寒初，深沉庭院虚。丽谯吹罢小单于，迢迢清夜徂。　　乡梦断，旅魂孤，峥嵘岁又除。衡阳犹有雁传书，郴阳和雁无！
>
> ——秦观《淮海居士长短句》

> 天边金掌露成霜，云随雁字长。绿杯红袖趁重阳，人情似故乡。　　兰佩紫，菊簪黄，殷勤理旧狂。欲将沉醉换悲凉，清歌莫断肠。
>
> ——晏几道《小山乐府》

这三阕同是表达迫促低沉情调，秦作尤为低抑悲苦。除韵位关系外，它那四个五言句子全用“平平平仄平”，平声字在一句中占了五分之四，就更显得情调的低沉，好像杜甫《石壕吏》中“夜久语声绝，如闻泣幽咽”的凄音，和李白《菩萨

① 见本书第58页。

蛮》的结句“何处是归程？长亭连短亭”是异曲同工的。

再看仄韵短调的韵位安排，在原则上是否相同。全阕隔句押韵，每句落脚字平仄互用，从整个音节看来是比较谐婉的，例如《生查子》：

> 坠雨已辞云，流水难归浦。遗恨几时休，心抵秋莲苦。　忍泪不能歌，试托哀弦语。弦语愿相逢，知有相逢否？
>
> ——晏几道《小山乐府》

> 西津海鹘舟，径渡沧江雨。双橹本无情，鸦轧如人语。　挥金陌上郎，化石山头妇。何物系君心，三岁扶床女。
>
> ——贺铸《东山乐府》

由于每个句子上下相当的地位都用的仄声，就不免杂着一些拗怒的气氛。所以运用这个调子，除了改上下阕首句为“平平仄仄平”较为和婉外，还是适宜表达婉曲哀怨的感情而带有几分激切意味的。如《卜算子》：

我住长江头，君住长江尾。日日思君不见君，共饮长江水。　此水几时休？此恨何时已？只愿君心似我心，定（这一个是衬字）不负相思意。

——李之仪《姑溪词》

关于句中平仄和整个韵位安排，两个曲调是一致的。

此外，有如《青门引》：

乍暖还轻冷，风雨晚来方定。庭轩寂寞近清明，残花中酒，又是去年病。　楼头画角风吹醒，入夜重门静。那堪更被明月，隔墙送过秋千影。

——张先《张子野词》

上下阕前两句皆连协，入后上隔两句、下隔一句才协，前急后徐，化短叹为长吁，别是一种情调。又如《天仙子》：

水调数声持酒听，午醉醒来愁未醒。送春春去几时回？临晚镜，伤流景，往事后期空记省。　沙上并禽池上暝，云破月来花弄影。重重帘幕密遮灯，风不定，人初静，明日落红应满径。

——张先《张子野词》

你看，这前后阕中，除中间夹了一个七言平收句略为舒展语气，恍如长叹一声外，不都是句句押韵，到末了愈转愈急吗？两个三言对句，拖上一个七言单句，不也是显示伤春伤别，情急调苦的最好范例吗？又如《归田乐》：

试把花期数，便早有感春情绪。看即梅花吐。愿花更不谢，春且长住，只恐花飞又春去。　花开还不语。问此意年年，春还会否？绛唇青鬓，渐少花前语。对花又记得，旧曾游处，门外垂杨未飘絮。

——晏几道《小山词》

这上半阕只第四、五句隔句一协，下半阕则除最末两句连协外，皆隔句协韵，但只第二句平收，语气略为和婉，余并仄声收脚，不是又在谐婉中夹有掩映低徊、回肠荡气的情调吗？

一般说来，句句协韵的，也就是韵位过密的，例宜表达激切紧促的思想感情，隔句协韵，也就是韵位均调的，例宜表达低徊掩抑的凄婉情调；后者尤以选用上去声韵部最为适合。我们再看《谒金门》：

> 风乍起，吹皱一池春水。闲引鸳鸯香径里，手挼红杏蕊。斗鸭阑干独倚，碧玉搔头斜坠。终日望君君不至，举头闻鹊喜。
>
> ——冯延巳《阳春集》

全阕句句押韵，一句一换一个意思，步步逼紧，不是充分活衬出一个伤春少妇的迫切心情来了吗？

至于一曲之中，平仄韵递换，一般跟着感情的起伏变化为推移。有上下阕四换韵，两句一换，平仄递转的，就是在“辘轳交往”的调声原则上发展而来。例如温庭筠《菩萨蛮》：

> 小山重叠金明灭，鬓云欲度香腮雪。懒起画蛾眉，弄妆梳洗迟。　照花前后镜，花面交相映。新帖绣罗襦，双双金鹧鸪。
>
> ——温庭筠《花间集》

> 郁孤台下清江水，中间多少行人泪？西北望长安，可怜无数山。　青山遮不住，毕竟东流去。江晚正愁

予，山深闻鹧鸪。

——辛弃疾《稼轩长短句·书江西造口壁》

这一曲调的韵位安排，虽然在整体上看来，相当匀称，但两句一转，句句押韵，便表现为繁音促节，先短叹而后长吁。虽然也可用它来表达沉雄豪迈的壮音，而疾徐缓急间的波澜起伏，基调上还是一致的。

和《菩萨蛮》的韵位安排大体相近的还有《虞美人》，也是平仄互换，两句一转：

落花已作风前舞，又送黄昏雨。晓来庭院半残红，惟有游丝千丈罥晴空。　殷勤花下同携手，更尽杯中酒。美人不用敛蛾眉，我亦多情，无奈酒阑时！

——叶梦得《石林词》

又有上下阕平仄韵互换，前紧促而后转舒徐的，当以《清平乐》为最好的范例：

别来春半，触目愁肠断。砌下落梅如雪乱，拂了一身还满。　雁来音信无凭，路遥归梦难成。离恨恰如春草，更行更远还生。

——李煜《李后主词》

绕床饥鼠，蝙蝠翻灯舞。屋上松风吹急雨，破纸窗间自语。　平生塞北江南，归来华发苍颜。布被秋宵梦觉，眼前万里江山。

——《稼轩长短句·独宿博山王氏庵》

上半阕全用仄协，句句押韵，显示情调紧张；下半阕转平，第三句并改仄收，隔句一协，就显得音节和缓，转作曼声，有缠绵不尽之致，是短调中最为美听的。

还有全阕句句押韵，例用平韵，而于换头处插入两个仄声短韵，借以加强激越凄怨气氛的，例如《乌夜啼》（又名《相见欢》）：

林花谢了春红，太匆匆！无奈朝来寒雨晚来风！　胭脂泪，相留醉，几时重？自是人生长恨水长东！

——《李后主词》

金陵城上西楼，倚清秋。万里夕阳垂地大江流。

中原乱，簪缨散，几时收？试倩悲风吹泪过扬州。

——朱敦儒《樵歌》

都在换头处添上两个仄韵，把语气一振，增强激动的心情，最末以“如怨如慕、如泣如诉”的九言长句长引一声，也使读者为之凄婉欲绝。

又有全曲韵位安排显得异常匀称，但在上下阕的结句换上一个同部仄声韵的，也有加强气氛的作用，例如《西江月》：

携手看花深径，扶肩待月斜廊。临分少伫已依依，此段不堪回想。　欲寄书如天远，难销夜似年长。小窗风雨碎人肠，更在孤舟枕上。

——贺铸《贺方回词》

醉里且贪欢笑，要愁那得工夫？近来始觉古人书，信著全无是处。　昨夜松边醉倒，问松我醉何如？只疑松动要来扶，以手推松曰去！

——《稼轩长短句·遣兴》

长调的韵位安排，由于篇幅愈长，须得铺张排比，有利于开阖变化的格局，那韵位疏密对表情的关系，就更显得重要，也更复杂得多。一般说来，凡是属于音节谐婉的调子，大多数是隔句一协或三句一协，而三句成一片段的格局，又多是用一个单句，一个对句组成。如第三讲所举《满庭芳》中的“山抹微云，天粘衰草，画角声断谯门”[①]是前对后单，《木兰花慢》中的“正艳杏烧林，缃桃绣野，芳景如屏”[②]，和第四讲所举《八声甘州》中的“渐霜风凄紧，关河冷落，残照当楼”[③]也是如此，不过在对句之上加了一个去声领字，每句收尾除《八声甘州》连用两仄较为拗峭外，余皆平仄递收；再和整篇的两句一协统一起来，就显得奇偶相生，饶有夷犹婉转的姿态。如果遇到须押仄韵的长调也是三句成一片段，再安上一个韵位，如第四讲所举《水龙吟》中的“遥岑远目，献愁供恨，玉簪螺髻”[④]，三句一协，而且每句都用仄收，就显得格外劲挺，无复婉曲情致。接着：“落日楼头，断鸿声里，江南游子”，也是三句一协，因为第一句用了平收，也就略为和

① 见本书第34页。
② 见本书第35页。
③ 见本书第61页。
④ 见本书第46页。

婉。接着“把吴钩看了，阑干拍遍，无人会，登临意”，和下半阕的结尾“倩何人唤取，红巾翠袖，揾英雄泪”，虽然前者四句一协，后者三句一协，句法上也有些变化，但每句都用仄收，就构成整体的清壮拗峭的格局，宜于表达豪爽激动的感情。

还有的开端连协，接着隔句一协，仿佛五、七言近体诗押韵方式，它的音节是异常和婉的。例如《风入松》：

听风听雨过清明，愁草瘗花铭。楼前绿暗分携路，一丝柳，一寸柔情。料峭春寒中酒，交加晓梦啼莺。　西园日日扫林亭，依旧赏新晴。黄蜂时扑秋千索，有当时、纤手香凝。惆怅双鸳不到，幽阶一夜苔生。

——吴文英《梦窗词集》

这音节是何等的轻柔婉转，极掩抑低徊之致，是最适宜于表达和婉情调的。再看南宋初期俞国宝描写西湖春色，也是用的这个调子：

一春长费买花钱，日日醉湖边。玉骢惯识西湖路，骄嘶过、沽酒楼前。红杏香中箫鼓，绿杨影里秋千。　暖风十里丽人天，花压鬓云偏。画船载取春归去，余情付、湖水湖烟。明日重扶残醉，来寻陌上花钿。

——《宋词三百首》

像这夷犹淡沲的音节态度，是和风光旖旎的湖上春游恰恰相称的。

和《风入松》这个调子的声容态度有些相近而特显缠绵凄抑情调的，有如《扬州慢》：

淮左名都，竹西佳处，解鞍少驻初程。过春风十里，尽荠麦青青。自胡马、窥江去后，废池乔木，犹厌言兵。渐黄昏，清角吹寒，都在空城。　杜郎俊赏，算而今、重到须惊。纵豆蔻词工，青楼梦好，难赋深情。二十四桥仍在，波心荡、冷月无声。念桥边，红药年年，知为谁生！

——姜夔《白石道人歌曲》

这上下阕都有三句成一片段处，对声韵上的处理，是和《满庭芳》、《木兰花慢》、《八声甘州》等调相同的。但整体的句法变化较多，特别显得悲凉掩抑。两结三用平收，更显得凄咽低沉，哀怨无端，充分表露作者的没落心情，只是“无可奈何”的哀音而已。

和《扬州慢》的低沉音节有些相近的，例如《高阳台》：

接叶巢莺，平波卷絮，断桥斜日归船。能几番游？看花又是明年。东风且伴蔷薇住，到蔷薇、春已堪怜。更凄然，万绿西泠，一抹荒烟。　当年燕子知何处？但苔深韦曲，草暗斜川。见说新愁，如今也到鸥边。无心再续笙歌梦，掩重门、浅醉闲眠。莫开帘，怕见飞花，怕听啼鹃。

——张炎《山中白云·西湖春感》

这个长调的韵位安排是合于和婉法则的。但在上下阕的中间和结尾都连用平收，就更显出低沉情调，只适合表现哀怨心情。

还有《忆旧游》的声韵安排，也和《扬州慢》、《高阳台》大体相像。例如周邦彦所写：

记愁横浅黛，泪洗红铅，门掩秋宵。坠叶惊离思，听寒螀夜泣，乱雨潇潇。凤钗半脱云鬓，窗影烛花摇。渐暗竹敲凉，疏萤照晓，两地魂销。　迢迢，问音讯，道径底花阴，时认鸣镳。也拟临朱户，叹因郎憔悴，羞见郎招。旧巢更有新燕，杨柳拂河桥。但满眼京尘，东风竟日吹露桃。

——《清真集》

像这类掩抑低沉的情调，是适宜于曼声低唱的。它的韵位安排基本上是取得谐婉的。这上半阕的第二、三句，下半阕的第三、四句和结尾两句，都连用平收，是音节低沉的关键所在。幸而最末用了一个“平平去入平去平”的拗句，把它略为振起，便显得有些生意，不致凄婉欲绝了。

至于韵位相隔太远，如《沁园春》上下阕都有四句成一片段，句末收音有谐有拗，构成一种庄严整肃气象，是最适宜于铺张排比，显示雍容博大器宇的。除在第四讲中已经举了辛弃疾和刘克庄各一首示范外，再拈辛作《再到期思卜筑》一首，加以分析：

一水西来，千丈晴虹，十里翠屏。喜草堂经岁，重来杜老；斜川好景，不负渊明。老鹤高飞，一枝投宿，长笑蜗牛戴屋行。平章了，待十分佳处，著个茅亭。　青山意气峥嵘，似为我、归来妩媚生。解频教花鸟，前歌后舞；更催云水，暮送朝迎。酒圣诗豪，可能无势，我乃而今驾驭卿。清溪上，被山灵却笑，白发归耕。

——《稼轩长短句》

这个长调一开始就连用三个平收的句子，三句成一片段，显得情调有些低沉。可是接着又连用三个仄收的句子，四句成一片段，再在承转处用一个仄声字，领下四个整整齐齐的两联对句，就好像带来行列整肃的两队人马，飞奔上阵，和上面表示出来的前锋队伍互相呼应，军容陡顿振作起来。接着两偶一单，三句成一片段，又化整肃为灵巧。续作阵势变化，前单后偶，也是三句成一片段，显示雍容不迫的气度，是适宜于豪放派作家驰骋笔力的。过片连协两句，显示格局恢张，也使情调骤见紧凑；下面全同上阕，构成整体的壮阔气象。没有宏伟开朗的才略襟抱，是很难运用得恰到好处的。

还有韵位相隔过远，要靠善于换气才能掌握它的音节态度，用来表达缠绵委婉而又紧张迫促的心情，也就是运用“潜气内转”的手法来处理这个特种声韵组织，是要用暗劲的。例如《八六子》：

倚危亭，恨如芳草，萋萋刬尽还生。念柳外青骢别后，水边红袂分时，怆然暗惊。　无端天与娉婷，夜月一帘幽梦，春风十里柔情。怎奈向、欢娱渐随流水，素弦声断，翠绡香减，那堪片片飞花弄晚，濛濛残雨笼晴。正销凝，黄鹂又啼数声。

——秦观《淮海居士长短句》

这上半阕开端以三字短句起韵，接着两句一协，于谐婉中见紧凑，有人推为“神来之笔”，其实是善于掌握这个曲调的声情关系。接着用一个去声“念”字紧束上文，提领下面两个六言对句和一个四言单句，成一片段。因为末了两句连用平收，骤转低沉，就把末句作成“去平去平”的拗句，使它振起。过片亦紧接一韵，又用两个六言对句，收尾平仄递用，显得和婉中有紧促。接着用“怎奈向”和“那堪”等五个虚字作为转筋换气的关纽，插上一个六言单句，两个四言对句，两个六言对句，一共五句才安上一个韵位，表示情绪的越来越紧，恨不得把千言万语一气吐出。但这紧凑的节奏，非得换气，是唱不下去的，所以这五个虚字也就表示着可使作者便于把握这“潜气内转”的手法。接着一个三言短句，紧跟一个“平平去平去平”的特殊句式，连协两韵，藉作收束，使一点痴情骤然惊醒，情景双融，声辞谐会。这艺术手法是值得我们深入体味的。

该用仄韵的长调，一般也多是以隔句押韵或三句一协为准则的。例如《念奴娇》：

大江东去，浪淘尽、千古风流人物。故垒西边，人道是、三国周郎赤壁。乱石穿空，惊涛拍岸，卷起千堆雪。江山如画，一时多少豪杰！　遥想公瑾当年，小乔初嫁了，雄姿英发。羽扇纶巾，谈笑间、樯橹灰飞烟灭。故国神游，多情应笑我，早生华发。人间如梦，一尊还酹江月。

——《东坡乐府·赤壁怀古》

野棠花落，又匆匆过了，清明时节。刬地东风欺客梦，一枕云屏寒怯。曲岸持觞，垂杨系马，此地曾轻别。楼空人去，旧游飞燕能说。　闻道绮陌东头，行人长见，帘底纤纤月。旧恨春江流不尽，新恨云山千叠。料得明朝，尊前重见，镜里花难折。也应惊问，近来多少华发？

——《稼轩长短句·书东流村壁》

这个长调的音节是激越高亢的。它的句读安排一般以辛作为标准。它之所以声情激壮，一由整体句脚，只上下阕两个四言偶句，一个五言单句，构成一个片段，用了一句平收外，其余全用仄收，就自然显示音节的拗怒；二由所用韵脚，一般选用短促的入声韵部，可使感情尽量发泄，不带含蓄意味。但从整体的韵位安排上来看，是相当匀称的，因此能够取得拗怒与和谐的矛盾的统一，适宜表达激壮慷慨的豪迈感情。它那调名的由来，就是有取于唐明皇时女高音歌唱家念奴足够压倒一切噪音的高调。据王灼说："念奴每执板当席，声出朝霞之上。今大石调《念奴娇》，世以为天宝间所制曲。"（《碧鸡漫志》卷五）这就说明这个长调的声韵安排，是要符合曲调中的高亢音响的。

又如一般豪放派作家所共爱使用的《贺新郎》：

> 绿树听鹈鴂。更那堪、鹧鸪声住，杜鹃声切。啼到春归无寻处，苦恨芳菲都歇。算未抵、人间离别。马上琵琶关塞黑，更长门翠辇辞金阙。看燕燕，送归妾。　将军百战身名裂，向河梁、回头万里，故人长绝。易水萧萧西风冷，满座衣冠似雪。正壮士、悲歌未彻。啼鸟还知如许恨，料不啼清泪长啼血。谁共我，醉明月？
>
> ——《稼轩长短句·别茂嘉十二弟》

湛湛长空黑。更那堪、斜风细雨，乱愁如织。老眼平生空四海，赖有高楼百尺，看浩荡千崖秋色。白发书生神州泪，尽凄凉不向牛山滴。追往事，去无迹。　少年自负凌云笔。到而今、春华落尽，满怀萧瑟。常恨世人新意少，爱说南朝狂客。把破帽年年拈出。若对黄花辜负酒，怕黄花也笑人岑寂。鸿北去，日西匿。

——刘克庄《后村别调·九日》

这一长调的韵位安排，除上下阕第四韵的单句为全篇筋节[1]，连协两韵，较为紧促外，余并隔句一协，是合乎谐婉法则的。但全阕无一句不用仄收，而且用的韵部又属短促的入声，因而构成拗怒多于和婉的激越情调。比起《念奴娇》来，此调更适合抒写英雄豪杰激昂奋厉的思想感情。虽然这两个长调在宋人已多改用上去声韵部，一样也适于表达清壮情调，但会略转沉郁一路，和《摸鱼儿》差相仿佛。

关于《摸鱼儿》的音节，是属于“吞咽式”[2]的，已在第三讲中提到过。它所以适宜表达哽咽情调，除了句法上的参差

① 参阅梁令娴《艺蘅馆词选》丙卷。

② 参阅梁启超《中国韵文里头所表现的情感》，刊于《饮冰室文集》。

变化安排得很恰当外，它的主要关键，还在上下阕的腰腹，以一个三言短句、一个上三下七的长句和一个四言偶句组成，而且句句协韵，就格外显出一种低徊掩抑、欲吞还吐的特殊情调。例如辛词上阕“春且住！见说道、天涯芳草无归路。怨春不语”和下阕“君莫舞！君不见、玉环飞燕皆尘土。闲愁最苦”等句，就是这个长调的筋节所在。在连协三韵后，跟着把韵位转入疏阔，变为三句一协，便感千回百折，到此倾泻不下，勉为含蓄，构成整体的幽咽情调，是够使作者和读者回肠荡气的。

像这一类型的“近”词，适宜表达抑塞磊落的幽咽情调的，莫过于《祝英台近》：

宝钗分，桃叶渡，烟柳暗南浦。怕上层楼，十日九风雨。断肠点点飞红，都无人管，倩谁劝、流莺声住？　鬓边觑，试把花卜归期，才簪又重数。罗帐灯昏，哽咽梦中语：是他春带愁来，春归何处？却不解、带将愁去。

——《稼轩长短句·晚春》

采幽香，巡古苑，竹冷翠微路。斗草溪根，沙印小莲步。自怜两鬓清霜，一年寒食，又身在、云山深处。　昼闲度，因甚天也悭春，轻阴便成雨？绿暗长亭，归梦趁风絮。有情花影阑干，莺声门径，解留我、霎时凝伫。

——吴文英《梦窗词集·春日客龟溪，游废园》

这一“近”词的声韵组织，无论在句度长短和韵位安排上，都是煞费经营，极尽奇偶相生、低徊掩抑能事的。上下阕都用上了三个平收的句子，和仄收的句子互相参错，构成刚柔相济的声容之美。而在某些句子中的平仄安排，略作拗怒，有如“烟柳暗南浦”，“十日九风雨”，“才簪又重数”，“哽咽梦中语”等，都作“平仄仄平仄”或“仄仄仄平仄”，在每个句子的中心显示激情，接着换上一个谐婉的四言和六言平句，紧跟情绪的发展，由隔句一协转入三句一协，使在低徊欲绝的情景中，更作千回百折、回肠荡气的怨抑凄调，是最值得深入体味的。

谈到宋代深通音律的作家，如柳永、周邦彦、姜夔等所创作或爱选用的慢曲长调，它的韵位变化跟着外境转换和感情起伏为推移，那就更为复杂得多了。兹更举例略加说明如下：

1.《长亭怨慢》：

渐吹尽、枝头香絮。是处人家，绿深门户。远浦萦回，暮帆零乱，向何许？阅人多矣，谁得似、长亭树？树若有情时，不会得、青青如此！　日暮，望高城不见，只见乱山无数。韦郎去也，怎忘得、玉环分付？第一是、早早归来，怕红萼、无人为主。算空有并刀，难剪离愁千缕。

——《白石道人歌曲》

2.《六丑》：

正单衣试酒，怅客里、光阴虚掷。愿春暂留，春归如过翼，一去无迹。为问花何在？夜来风雨，葬楚宫倾国。钗钿堕处遗香泽，乱点桃蹊，轻翻柳陌。多情更谁追惜？但蜂媒蝶使，时叩窗隔。　东园岑寂，渐蒙笼暗碧。静绕珍丛底，成叹息。长条故惹行客，似牵衣待话，别情无极。残英小、强簪巾帻。终不似、一朵钗头颤袅，向人欹侧。漂流处、莫趁潮汐。恐断红、尚有相思字，何由见得？

——《清真集·蔷薇谢后作》

3.《夜半乐》:

冻云黯淡天气，扁舟一叶，乘兴离江渚。渡万壑千岩，越溪深处，怒涛渐息，樵风乍起，更闻商旅相呼，片帆高举，泛画鹢、翩翩过南浦。　　望中酒旆闪闪，一簇烟村，数行霜树。残日下、渔人鸣榔归去。败荷零落，衰杨掩映，岸边两两三三，浣纱游女，避行客、含羞笑相语。　　到此因念：绣阁轻抛，浪萍难驻。叹后约丁宁竟何据！惨离怀、空恨岁晚归期阻。凝泪眼、杳杳神京路，断鸿声远长天暮。

——《乐章集》

《长亭怨慢》是姜夔的自度曲，所谓“初率意为长短句，然后协以律”的。它的音节态度，于清劲中见峭折，亦复摇曳生姿。《六丑》是周邦彦创作的犯调。据周密记邦彦自称：“此犯六调，皆声之美者，然绝难歌。昔高阳氏有子六人，才而丑，故以比之。”（吴衡照《莲子居词话》卷一引《浩然斋雅谈》）它的整个音节之美，显示于韵位的疏密递变和句式的奇偶相生，欲断还连，千回百折，而又一气贯注，摇筋转骨，极诸变态，其艺术性的绝特，也是清真创调中所罕见的。《夜半乐》传为唐人旧曲。据段安节《乐府杂录》称：“明皇自潞州入平内难，半夜斩长乐门关，领兵入宫剪逆人，后撰此曲。”（《碧鸡漫志》卷四引）由此说来，这该是一套武舞曲，所以象征开阖变化的阵容，而又于一气驱使的格局中，备见激壮苍凉、纵横排奡的雄杰姿势。虽然柳永用来抒写羁旅行役之感，而伟岸奇丽的格局，还是可从音节态度上想象得之的。

第六讲　论对偶

由于汉民族语言具有便于作成对偶的特性，所以上溯周秦典籍，下逮近代歌谣，乃至口头戏谑，常是采取这种排偶形式。这一形式是素来就为人民群众所喜闻乐见的。

把对偶形式由偶然产生发展成为有意识的大量创作，这是魏晋以来逐渐讲究声律的结果。所以刘勰在写过《声律》、《章句》之后，接着就有专篇讨论这个对偶问题。他说：

> 造化赋形，支体必双；神理为用，事不孤立。夫心生文辞，运裁百虑，高下相须，自然成对。

这是说明在文学语言中多用对偶，也是合乎规律的。他又提出四种对法：

故丽辞之体，凡有四对：言对为易，事对为难，反对为优，正对为劣。

——《文心雕龙》卷七《丽辞》第三十五

他把“双比空辞”叫作“言对”，“并举人验”叫作“事对”，“理殊趣合”叫作“反对”，“事异义同”叫作“正对”。这四种对法概括了对偶的主要形式。直到唐人近体诗的格式全部完成之后，又定出一种共同遵守的规格，就是两个长短相同的句子构成对偶时，在相同的地位，它的语义要相当（也就是虚实相当），字调要相反（也就是平仄相反），才算适合对偶的法则。这好比两个人配成一对夫妻，必须是一男一女，也就是古人所说：“一阴一阳之谓道。”这样构成的对偶，结果是十分和谐的。唐人所写的五、七言律诗和骈文、律赋，都以这两条规律为绝对共遵的标准。至燕乐曲词兴起之后，虽然句式的错综变化不可胜穷，但依据“奇偶相生、轻重相权”的八字法则，讲求对偶的精巧，还得提到首要的地位。

一般对法和近体诗相同的，以小令短调为最多。约略举例如下：

1. 三言对：

青箬笠，绿蓑衣。

——张志和《渔歌子》

柳丝长，春雨细。

惊塞雁，起城乌。

玉炉香，红蜡泪。

眉翠薄，鬓云残。

——温庭筠《更漏子》

水为乡，蓬作舍。

酒盈杯，书满架。

——李珣《渔歌子》

倾绿蚁，泛红螺。

兰棹举，水纹开。

——李珣《南乡子》

村舍外，古城旁。

——苏轼《鹧鸪天》

花不语，水空流。

春悄悄，夜迢迢。

——晏几道《鹧鸪天》

2. 四言对：

细草愁烟，幽花怯露。

带缓罗衣，香残蕙炷。

小径红稀，芳郊绿遍。

翠叶藏莺，朱帘隔燕。

——晏殊《踏莎行》

雾失楼台，月迷津渡。

驿寄梅花，鱼传尺素。

——秦观《踏莎行》

丁香枝上，豆蔻梢头。

——王雱《眼儿媚》

3. 五言对：

雨暗初疑夜，风回便报晴。

卯酒醒还困，仙村梦不成。

——苏轼《南歌子》

落花人独立，微雨燕双飞。

——晏几道《临江仙》

谁知巴峡路，却见洛城花。

幽花香涧谷，寒藻舞沦漪。

无波真古井，有节是秋筠。

和风春弄笛，明月夜闻箫。

青缸挑欲尽，粉泪浥还垂。

——苏轼《临江仙》

相逢俱白首，无语对西风。
水穷行到处，云起坐看时。

——晁补之《临江仙》

草平天一色，风暖燕双高。
难回巫峡梦，空恨武陵桃。

——李之仪《临江仙》

更无花态度，全是雪精神。

——辛弃疾《临江仙》

一灯人著梦，双燕月当楼。
瘦应因此瘦，羞亦为郎羞。

——史达祖《临江仙》

乱山明月晓，沧海冷云秋。

——段成己《临江仙》

冰壶天上下，云锦树高低。

向来元落落，此去亦悠悠。

清泉明月晓，高树乱蝉秋。

——元好问《临江仙》

4. 六言对：

梦后楼台高锁，酒醒帘幕低垂。

——晏几道《临江仙》

鸠雨催成新绿，燕泥收尽残红。

——陆游《临江仙》

倦客如今老矣，旧时不奈春何！

远眼愁随芳草，湘裙忆著春罗。

——史达祖《临江仙》

相见争如不见，有情还似无情。

——司马光《西江月》

凤额绣帘高卷，兽镮朱户频摇。
好梦狂随飞絮，闲悉浓胜香醪。
——柳永《西江月》

玉骨那愁瘴雾，冰姿自有仙风。
素面常嫌粉涴，洗妆不褪唇红。
——苏轼《西江月》

月侧金盆堕水，雁回醉墨书空。
蚁穴梦魂人世，杨花踪迹风中。
——黄庭坚《西江月》

似有如无好事，多离少会幽怀。
不寄书还可恨，全无梦也堪猜。
——晁补之《西江月》

落寞寒香满院，扶疏清影侵门。
皎皎风前玉树，盈盈月下冰魂。
——谢逸《西江月》

日日深杯酒满，朝朝小圃花开。
青史几番春梦，黄泉多少奇才。

——朱敦儒《西江月》

明月别枝惊鹊，清风半夜鸣蝉。
七八个星天外，两三点雨山前。

万事云烟忽过，百年蒲柳先衰。
早趁催科了纳，更量出入收支。

——辛弃疾《西江月》

世路如今已惯，此心到处悠然。

——张孝祥《西江月》

睡处林风瑟瑟，觉来山月团团。
句稳翻嫌白俗，情高却笑郊寒。

——朱熹《西江月》

零落不因春雨，吹嘘何假东风。

有艳难寻腻粉，无香不惹游蜂。

——曹希蕴《西江月》

断送一生惟有，破除万事无过。

……

花病等闲瘦弱，春愁没处遮拦。

——黄庭坚《西江月》

5. 七言对：

弱柳从风疑举袂，丛兰露似沾巾。

——刘禹锡《望江南》

待月池台空逝水，荫花楼阁漫斜晖。

——李煜《浣溪沙》

目送征鸿飞杳杳，思随流水去茫茫。

——孙光宪《浣溪沙》

无可奈何花落去，似曾相识燕归来。

——晏殊《浣溪沙》

早是出门长带月，可堪分袂又经秋。

——张泌《浣溪沙》

当路游丝萦醉客，隔花啼鸟唤行人。

——欧阳修《浣溪沙》

衣化客尘今古道，柳含春意短长亭。
户外绿杨春系马，床前红烛夜呼卢。

——晏几道《浣溪沙》

老幼扶携收麦社，乌鸢翔舞赛神村。
雪沫乳花浮午盏，蓼茸蒿笋试春盘。
彩索身轻长趁燕，红窗睡重不闻莺。
红玉半开菩萨面，丹砂秾点柳枝唇。

——苏轼《浣溪沙》

自在飞花轻似梦，无边丝雨细如愁。

——秦观《浣溪沙》

风约帘衣归燕急，水摇扇影戏鱼惊。

——周邦彦《浣溪沙》

忽有微凉何处雨，更无留影霎时云。

突兀趁人山石狠，朦胧避路野花羞。

引入沧浪鱼得计，展成寥阔鹤能言。

——辛弃疾《浣溪沙》

茅店竹篱开席市，绛裙青袂斸姜田。

——范成大《浣溪沙》

红蓼一湾纹缬乱，白鱼双尾玉刀明。

——张孝祥《浣溪沙》

忙日苦多闲日少，新愁常续旧愁生。

——陆游《浣溪沙》

玉鸭熏炉闲瑞脑，朱樱斗帐掩流苏。

——李清照《浣溪沙》

深院下关春寂寂，落花和雨夜迢迢。

——韩偓《浣溪沙》

风飏游丝随蝶翅，雨飘飞絮湿莺唇。

——珍娘《浣溪沙》

楼头残梦五更钟，花外离愁三月雨。

窗间斜月两眉愁，帘外落花双泪堕。

——晏殊《玉楼春》

绿杨烟外晓寒轻，红杏枝头春意闹。

——宋祁《玉楼春》

织成云外雁行斜，染作江南春水浅。

——晏几道《玉楼春》

归帆初张苇边风，客梦不禁篷背雨。

——苏庠《木兰花》

舞低杨柳楼心月，歌尽桃花扇底风。

——晏几道《鹧鸪天》

翻空白鸟时时见，照水红蕖细细香。

——苏轼《鹧鸪天》

风前横笛斜吹雨，醉里簪花倒著冠。

——黄庭坚《鹧鸪天》

燕惊午梦周遮语，蝶困春游落拓飞。

——李元膺《鹧鸪天》

晴云欲向杯中起，春色先从脸上来。

——赵令畤《鹧鸪天》

春风搅树花如雨，夕霭迷空燕趁门。

——吕渭老《思佳客》

拖条竹杖家家酒，上个篮舆处处山。

——朱敦儒《鹧鸪天》

双檠分焰交红影，四座春回粲晚霞。

——侯寘《鹧鸪天》

若教眼底无离恨，不信人间有白头。

平冈细草鸣黄犊，斜日寒林点暮鸦。

浮天水送无穷树，带雨云埋一半山。

千章云木钩辀叫，十里溪风䆉稏香。

红莲相倚浑如醉，白鸟无言定自愁。

人情辗转闲中看，客路崎岖倦后知。

已通樵径行还碍，似有人声听却无。

轻鸥自趁虚船去，荒犬还迎野妇回。

乱云剩带炊烟去，野水闲将日影来。

自从一雨花零落，却爱微风草动摇。

都无晋宋之间事，自是羲皇以上人。

——辛弃疾《鹧鸪天》

劳劳燕子人千里，落落梨花雨一枝。

——张炎《鹧鸪天》

物情渐逐云容好，欢意偏随日脚长。

——石孝友《鹧鸪天》

酒阑更喜团茶苦，梦断偏宜瑞脑香。

——李清照《鹧鸪天》

楼中燕子能留客，陌上杨花也笑人。
多情却被无情恼，今夜还如昨夜长。
一江春水何年尽？万古清光此夜圆。
只缘携手成归计，不恨埋头屈壮图。
旧时逆旅黄粱饭，今日田家白板扉。
浮萍自合无根蒂，杨柳谁教管送迎？

——元好问《鹧鸪天》

这上面所举的一些对句，和唐人的律诗、律赋是一般的写法，都是以声调和谐、铢两相称为准则的。

至于一联之中，音节略带拗怒，这在小令短调是比较少的。就连长调慢词，不用领字格的五、七言对句，拗的也不怎样的多。有的拗在句中的，例如《破阵子》：

池上碧苔三四点，叶底黄鹂一两声。

——晏殊

身外傥来都似梦，醉里无何即是乡。

——苏轼《十拍子》

蜡屐登山真率饮，筇杖穿林自在行。

——陆游

八百里分麾下炙，五十弦翻塞外声。

——辛弃疾

有拗在句尾的，例如《满江红》：

几许渔人飞短艇，尽载灯火归村落。

——柳永

君是南山遗爱守，我为剑外思归客。

——苏轼

麦影离离翻翠浪，泉声潺潺敲寒玉。

——葛郯

十幅云帆风力满，一川烟暝波光阔。

——蔡伸

点点不离杨柳外，声声只在芭蕉里。

——张孝祥

三十功名尘与土，八千里路云和月。

——岳飞

红粉暗随流水去，园林渐觉清阴密。
白羽风生貔虎噪，青溪路断鼪鼯泣。
破敌金城雷过耳，谈兵玉帐冰生颊。
马革裹尸当自誓，蛾眉伐性休重说。
楼观才成人已去，旌旗未卷头先白。

琴里新声风响珮，笔端醉墨鸦栖壁。
宝马嘶归红旆动，龙团试水铜瓶泣。
东北看惊诸葛表，西南更草相如檄。
似整复斜僧屋乱，欲吞还吐林烟薄。
少日对花浑醉梦，而今醒眼看风月。
老冉冉兮花共柳，是栖栖者蜂和蝶。

——辛弃疾

铁马晓嘶营壁冷，楼船夜渡风涛急。
生怕客谈榆塞事，且教儿诵花间集。
看水看山身尚健，忧晴忧雨头先白。
空有鬓如潘骑省，断无面见陶彭泽。

——刘克庄

河汉低垂天欲近，乾坤浩荡秋无极。

——卢祖皋

有物揩磨金镜净，何人拿攫银河决。

——史达祖

何处征帆云杪去，有时野鸟沙边落。
岁月无多人易老，乾坤虽大愁难著。
花树得晴红欲染，远山过雨青如滴。

——吴潜

池碎瀑声荷捧雨，径涵愁影篁筛月。

——李昂英

底处未嫌吾辈在，此心说与何人得。

——方岳

紫燕雏飞帘额静，金鳞影转池心阔。

——吴文英

锦树摧残胡蝶老，冰绡剪破鸳鸯只。

——元好问

像这一类的对句，于和谐中见拗怒，关键只在每句的收脚都用仄声，就使人感到峭拔劲挺，显示一种凛然不可侵犯的颜色，所以许多豪放作家都爱使用。

至于长调慢词中的对偶，是变化多端的。有的和谐，有的拗怒，有的亦谐亦拗，参互用之。一般多用领格字给以提挈，或一联之后束以单句，例如《八声甘州》：

渐
霜风凄紧，
关河冷落，
残照当楼。

——柳永

又如《水龙吟》：

落日楼头，
断鸿声里，
江南游子。

——辛弃疾

兼用领格字并取得“奇偶相生”妙用的，要以《清真词》的变化为最多。例如第四讲中提到过的《兰陵王》和下面所举《大酺》的前片：

对
宿烟收，
春禽静，
飞雨时鸣高屋。墙头青玉旆，洗

铅霜都尽，嫩梢相触。润逼琴丝，寒侵枕障，虫网吹粘帘竹。邮亭无人处，

听檐声不断，困眠初熟。奈愁极频惊，梦轻难记，自怜幽独。

你看它这平列和单行的队伍，是怎样的错综变化而又脉络相通。写巨幅长篇，是要在这关节眼里悉心玩索的。

至于以一个领格字领四个四言偶句，也有的全谐，有的全拗，有的半谐半拗，关键多在落脚字。

1. 一字领八字全谐的偶句：

羡金屋去来，旧时巢燕；土花缭绕，前度莓墙。

——周邦彦《风流子》

念取酒东垆，尊罍虽近；采花南圃，蜂蝶须知。

——周邦彦《红罗袄》

2. 一字领八字全拗的偶句：

念 渚蒲汀柳，空归闲梦；
　 风轮雨楫，终辜前约。

——周邦彦《一寸金》

3. 一字领八字半拗半谐的偶句：

况 怨无大小，生于所爱；
　 物无美恶，过则为灾。

正 惊湍直下，跳珠倒溅；
　 小桥横截，缺月初弓。

——辛弃疾《沁园春》

4. 不用领格八字全谐的偶句：

砧杵韵高，唤回残梦；
绮罗香减，牵起余悲。

——周邦彦《风流子》

芳草有情，夕阳无语。雁横南浦，人倚西楼。

——张耒《风流子》

至于以一字领四字偶句的，有如下例：

1. 谐句：

爱 停歌驻拍，劝酒持觞。

——周邦彦《意难忘》

仗 酒祓清愁，花消英气。

——姜夔《翠楼吟》

2. 拗句：

料 { 舟移岸曲，
人在天角。 }

——周邦彦《解连环》

3. 半谐半拗句：

又 { 酒趁哀弦，
灯照离席。 } 念 { 月榭携手，
露桥闻笛。 }

——周邦彦《兰陵王》

又有以一字领五字偶句的，例如：

观 { 露湿缕金衣，
叶映如簧语。 }

——柳永《黄莺儿》

又有以一字领六字偶句的，例如：

1. 谐句：

念{柳外青骢别后，
水边红袂分时，}怆然暗惊。

——秦观《八六子》

2. 拗句：

有{翩若惊鸿体态，
暮为行雨标格。}

——聂冠卿《多丽》

叹{事逐孤鸿尽去，
身与塘蒲共晚。}

——周邦彦《西平乐》

又有以两字领六言偶句的，例如：

1. 谐句：

那堪｛片片飞花弄晚，
濛濛残雨笼晴。｝

——秦观《八六子》

2. 拗句：

似觉｛琼枝玉树相倚，
暖日明霞光烂。｝

——周邦彦《拜星月慢》

周邦彦是最爱运用拗怒的音节来作成排偶的。像下举五言四排句就是他的特点：

｛高柳春才软，
冻梅寒更香。｝｛暮雪助清峭，
玉尘散林塘。｝

——《红林檎近》

这类排句也偶见于别的词家，例如：

花径款残红，　乳燕穿庭户，
风沼萦新皱。　飞絮沾襟袖。

——李之仪《谢池春慢》

绣被掩余寒，　朱槛连空阔，
画幕明新晓。　飞絮知多少！

——张先《谢池春慢》

大概他们都是想运用杜甫写拗体诗的手法来入曲子词，为倚声家别开生面的。

此外还有一种特殊手法，把对偶暗藏在单行队伍中，如不仔细地观察，就要忽略过去的。例如：

槛菊萧疏，
井梧零乱，
惹残烟。

——柳永《戚氏》

隔窗寒雨，
向壁孤灯，　弄余照。

风披宿雾，
露洗初阳，　射林表。

微呈纤履，
故隐烘帘，　自嬉笑。

河阴高转，
露脚斜飞，　夜将晓。

——周邦彦《早梅芳近》

远浦萦回，
暮帆零乱，　向何许。

——姜夔《长亭怨慢》

像这一类的例子当然还不在少数，这里就不再一一列举了。

学填词必得先学作对偶，关键是要取得词义和字调的稳称、和谐与拗怒的统一。而在长调慢词中，尤其要把这项功夫锻炼得到家，才能举重若轻，使思想感情和声调色彩吻合无间。要达到杜甫《丽人行》所称“肌理细腻骨肉匀”的高度，是得要大费琢磨的。

第七讲　论结构

不论要想写好什么样式的文章，都得讲究结构。歌词是一种最为简练而又富于音乐性的文学形式，所以它更得讲究结构精密。这原是古人共同重视的所谓“章句之学”。

要想发挥文学作品的感染力，把它的艺术性提高到顶点，是需要积累的。积字以成句，积句以成章，积章以成篇，宅句安章；要把整体安排得异常妥帖，才能达到圆满的境地。好比要造一座瑰丽宏伟或小巧玲珑的房子，首先得搞好设计，画好图纸，选好材料，一切准备齐全，再把基础牢牢打好，达到杜甫诗中所谓“风雨不动安如山”[①]的境界。这样逐层进展，从把架子配搭得停当稳称起，到安上一个富丽堂皇的屋顶，完成整个结构的工序是一点也不能草率凌乱的。

① 引自《茅屋为秋风所破歌》。

文字是语言的标记，而语言则是传达个人的思想感情，用来感染广大群众，藉以发挥作用的。这又好比一个人的身体，四肢百骸要长得十分匀称，腰部充实坚挺，骨肉匀称，秾纤合度，两条腿要站得稳，而又轻捷灵活，但传神阿堵却在眉眼间。所以古诗人描写卫庄姜的美，先加以形体的刻画："手如柔荑，肤如凝脂，领如蝤蛴，齿如瓠犀，螓首蛾眉。"终之以神态的表达："巧笑倩兮，美目盼兮。"（《诗经·卫风·硕人》）这末二句是传神的所在，把一个容貌妍丽而又仪态万方的绝世美人活生生地画了出来。唐宋以来的诗家，把传神的字叫作"诗眼"，词家叫作"词眼"（陆辅之《词旨》），画家也有"画龙点睛"之笔。王实甫描写崔莺莺所以能使张君瑞神魂颠倒，也只在"怎当他临去秋波那一转"（《西厢记》第一本第一折）。但这秋波一转的魅力，必须和整体联系起来看，而能转动这一秋波的主宰者，乃在神情的贯注，血脉的流通，把全身的精粹都集中到这"一转"上来。所以我们想要把文学作品写得有声有色，充分地表达这种曲折微妙的思想感情，除了"因声以求气"，把语言的疾徐轻重、抑扬顿挫和思想感情的起伏变化很巧妙地结合起来以外，还得要求脉络通贯，不使发生一些阻滞。这道理，在刘勰论《章句》时就有了深透的阐发。他说：

章句在篇，如茧之抽绪，原始要终，体必鳞次。启行之辞，逆萌中篇之意；绝笔之言，追媵前句之旨。故能外交绮交，内义脉注，跗萼相衔，首尾一体。

——《文心雕龙》卷七《章句》第三十四

这精义所在，就在阐明想要把一篇作品的结构安排得精密完整，首先得做到层次分明、血液贯注，或左顾右盼，或摇筋转骨，务使意脉不断，首尾相辉。恰如明、清声乐理论家沈宠绥、徐大椿诸人所说，要想把每一个字唱得字正腔圆，达到“累累乎端如贯珠”[①]的妙境，就得顾到每一个字的头、腹、尾[②]，运用“潜气内转”[③]的手法，使这三个部分似断还连，融成一体。

至于一篇作品，这头、腹、尾三个部分要怎样才能安排得适当呢？刘勰也曾把他的经验告诉我们，他说：

---

① 见《礼记·乐记》。

② 参考沈宠绥《度曲须知》、徐大椿《乐府传声》。

③ 见《昭明文选》卷四十繁休伯《与魏文帝笺》。

凡思绪初发，辞采苦杂，心非权衡，势必轻重。是以草创鸿笔，先标三准。履端于始，则设情以位体。举正于中，则酌事以取类。归余以终，则撮辞以举要。

——《文心雕龙》卷七《熔裁》第三十二

虽则他在这里所说的，可能是指的一般长篇大论，与写精炼的诗歌有所不同，但开首得把所要描述的情态概括地揭示出来，取得牢笼全体的姿势；中间又得腰腹饱满，开阖变化，无懈可击；末后加以总结，收摄全神，完成整体。——这是各种文学作品所应共同遵守的规律，不能随手乱来的。

古代大诗人就很注意每一作品的“发端”（就是起头）。有的飘忽而来，奄有压倒一切的气概。例如曹植的“惊风飘白日，忽然归西山”（《文选》卷二十四《赠徐幹》），谢朓的“大江流日夜，客心悲未央”（《文选》卷二十六《暂使下都，夜发新林，至京邑，赠西府同僚》）。有的故取逆势，借以激起下文所要铺写的壮阔波澜。例如杜甫的“堂上不合生枫树，怪底江山起烟雾。闻君扫却赤县图，乘兴遣画沧洲趣”（《杜工部集》卷一《奉先刘少府新画山水障歌》）。我们只要了解了这两种发端手法，而且很熟练地把它牢牢掌握住，那全篇的结构也就“胸有成竹”，可以恣情挥洒，不会怎样感到吃力了。

倚声填词，因为得受各个不同曲调的制约，所以它的规格特别的严，就更得要求结构的精密。张炎在他所著的《词源》里也曾约略谈到过这个问题。他是把小令和慢词分开来谈的。他说：

> 词之难于令曲，如诗之难于绝句，不过十数句，一句一字闲不得，末句最当留意，有有余不尽之意始佳。
>
> ——《词源》卷下《令曲》

又说：

> 作慢词看是甚题目，先择曲名，然后命意，命意既了，思量头如何起，尾如何结，方始选韵，而后述曲。最是过片不要断了曲意，须要承上接下，如姜白石（夔）词云："曲曲屏山，夜凉独自甚情绪？"于过片则云："西窗又吹暗雨。"此则曲之意脉不断矣。
>
> ——《词源》卷下《制曲》

我们且把姜词的全篇抄在下面，来研究一下它的结构：

庾郎先自吟愁赋，凄凄更闻私语。露湿铜铺，苔侵石井，都是曾听伊处。哀音似诉。正思妇无眠，起寻机杼。曲曲屏山，夜凉独自甚情绪！　　西窗又吹暗雨。为谁频断续，相和砧杵？候馆迎秋，离宫吊月，别有伤心无数。豳诗谩与。笑篱落呼灯，世间儿女。写入琴丝，一声声更苦。（自注：“宣、政间，有士大夫制《蟋蟀吟》。”并附小序：“丙辰岁，与张功甫会饮张达可之堂，闻屋壁间蟋蟀有声，功甫约予同赋，以授歌者。功甫先成，辞甚美。予徘徊茉莉花间，仰见秋月，顿起幽思，寻亦得此。蟋蟀，中都呼为促织，善斗。好事者或以三二十万钱致一枚，镂象齿为楼观以贮之。”）

——《白石道人歌曲·齐天乐》

我们要彻底了解这一首词，首先得弄清楚它所表达的中心思想是什么，进一步弄清它的脉络，它的全身血液是怎样灌输下去的。

词一开始就把陷身在北周境内的梁朝文学家庾信所写的《愁赋》作为发端，笼罩全篇的意旨，也就是小序中所提到的“仰见秋月，顿起幽思”，说明作者的题旨是在借这小虫儿发抒国家兴亡的感慨。由于北宋末期的汴梁（开封）首都，君臣上下相习于骄奢淫逸的豪侈生活，置强敌压境于不顾，致遭汴京沦丧、“二帝蒙尘”的无比羞辱。单只这一玩蟋蟀的小事情，就可以反映南宋王朝的荒淫腐化，足够导致亡国之惨。作者触绪悲来，在内心深处潜伏着无限创痛，顿时引起联想，感到这无知的微虫，“唧唧复唧唧”，好像也在帮助有心人的叹息。开头寥寥十三个字，就把整个题旨牢牢地扣住，这手法是煞费经营的。跟着把格局展开，使用两个四言偶句和一个六言单句，点明以往听取蟋蟀争鸣的时地，收缴上文的“凄凄私语”，过脉到下文的“哀音似诉”，加以一顿，作为上半阕的关纽。再把一个领格的“正”字挺接上文，迫紧一步，由虫鸣引起征妇的怨情，联想到制作征衣的机杼，再一次扣紧蟋蟀（中都呼为“促织”）的题目，同时暗中透出汴京的沦亡，也不知牺牲了多少无辜战士，造成寡妇孤儿的愁惨结局。“曲曲”二句欲擒故纵，再把局势拓开，由人兜转到物，物自无心，人则有情，谁能堪此？人和物又融成一片，把凄凉情绪和凄凉环境紧密地结合起来。过片把“西窗暗雨”从上片的“夜凉”逗引过来，隔个窗儿，做成进一步的凄凉景况，迅即兜转到“思妇”情怀，又好像这无知的小虫也会对有情人表示同感；随即收缴“哀音似诉”以下一大段。这是由听蟋蟀而联想到广大人民在北宋沦亡期间所遭受到的苦痛之一，也就是“庾郎先自吟愁赋”的一个方面。跟着又用两个四言偶句和一个六言单句把局势跌进一层，由民间所遭受的苦痛转到宫廷所遭到的耻辱，所谓“候馆迎秋，离宫吊月，别有伤心无数”，暗指二帝被金兵俘虏北行，所有后宫妃嫔全都遭到蹂躏，这恶果是谁都难以避免的。“豳诗谩与”是用《诗经·豳风·七月》篇“十月蟋蟀，入我床下”的故实。据《毛传》以《七月》为“周公陈王业”的诗篇。作者想到周室的兴，是由于他们的先王“知稼穑之艰难”，任凭这小虫进入床底，大家都安于这种简单朴素生活；而北宋的亡国，却从这小玩意儿身上充分反映出来。有如小序所称“好事者或以三二十万钱致一枚，镂象齿为楼观以贮之”，这是何等的荒淫景象！同是一只小虫儿，而所招致的结果却是这般的悬殊，这就难怪作者要感叹这歌咏《豳风·七月》的诗人对这蟋蟀的“谩与”（意思是太随便地夸奖了这小虫儿）了。这四字又是下半阕的关纽所在。写到这里，又把今古兴亡之感，在朝野交受其害的痛苦心情上推进一层，将情绪发展到最高峰。迅即运用一个领格的“笑”字一笔勾转，以天真烂漫的儿童生活反衬出作者的沉痛心情。这一“笑”字，是从心灵深处徐徐冒起，几经吞咽，终于迸发出来的。这是一种“苦笑”。所以紧跟着就用了“写入琴丝，一声声更苦”九个字总结全文，将题旨全部揭出，一首一尾，遥相呼应。谁说姜夔词只精音律，没有思想内容呢！

至于发端用逆入手法，把来抒写“吞咽式”的悲壮郁勃的思想感情的，莫过于辛弃疾的《摸鱼儿》“更能消、几番风雨”一阕，我在第三讲和第五讲中都曾提到过了[①]。他这一首词的中心思想，是有感于宋孝宗曾一度想给他以领兵北伐收复中原的重任，而被奸邪摇惑，孝宗也拿不定主张，对和战大计常怀犹豫，使岌岌可危的江山半壁常在风雨飘摇中。因此在他由湖北转运副使调任湖南转运副使时，触动了满腔悲愤，而又忧谗畏讥，不便用《满江红》、《念奴娇》一类激越的曲调尽情发泄，才采取了这一种欲吐还吞的方式。“更能消、几番风雨，匆匆春又归去。”人们稍加想象，就可感到孝宗是个容易动摇的最高统治者，为了首先顾到个人的地位，禁不起群小的包围，有如大好春光，一经风雨飘摇，便又匆匆归去了。接着改用“螺旋式”的手法，层层推进，步步逼紧。“惜春长怕花开早，何况落红无数。”上句由“春又

① 见本书第36页和第86页。

归去”推进，下句遥映“几番风雨”，意思是说他对军事准备没有充分把握的时候，是不肯轻率地向敌出击的。他早就提出过“无欲速”和“能任败”的大政方针（《九议》），要“不以小挫而沮吾大计”（《美芹十论》）。“落红无数”，正是指的一班意志薄弱的满朝文武，一经符离一役的挫败，就不免于悲观消沉。“春且住，见说道、天涯芳草无归路。”又从上二句折进一层，这悲观消沉，是无济于事的。因为萋萋芳草绿遍天涯，除掉把定南针，勇往迈进，哪还找得出什么出路来呢？“怨春不语”，折入对方，为什么装聋作哑、绝不作明朗表示呢？“算只有殷勤，画檐蛛网，尽日惹飞絮。”抑扬顿挫，再度采用“吞咽式”的手法，暗斥在朝奸佞，凭着他那花言巧语，借以迷乱视听，粉饰承平，恰似檐间蛛丝网，粘上一些落花飞絮，谩说“春在人间”，这是在骗谁呢？一面宕开，随即束紧，更和发端的“更能消、几番风雨”遥相映射，收缴上面一段伤春情事。过片由伤春转入伤别，由自然现象转入人世悲哀。护惜青春，人有同感。春尽待到柳絮飞时，便使粘上蛛网，也只等于“枯形阅世”，有何生意之可言？从而联想到被打入冷宫的薄命佳人，可能还有重被恩宠的希望？“长门事，准拟佳期又误。蛾眉曾有人妒。”借美人以喻君子，纵使君王回心转意，其奈“众女嫉余之蛾眉兮，谣诼谓余以善淫”[1]何！“千金纵买相如赋，脉脉此情谁斥。”又从“蛾眉”遭“妒”推进一层，暗示“谗谄蔽明”，忠诚难白。“君莫舞，君不见、玉环飞燕皆尘土。”行文到此，发展到了最高峰，一片真情，不能更自压抑，便把主题思想如“画龙点睛”一般点了出来。结果是同归于尽而已。从“长门事”以下，到此一笔收缴，再和上半阕的“画檐蛛网”遥相激射，取得伤春和伤别的统一。“休去倚危阑，斜阳正在，烟柳断肠处。”兜转伤春，以景结情，反射发端二语。“斜阳烟柳”是“春又归去”后的必然形势，忧国忧民的英雄志士，遇到这般情景，也就只好“垂下帘栊”不去看它了。这是何等严密的结构，多么沉咽凄壮的声情哟。

辛弃疾是现代所最推尊的爱国词人。他的作品，到处洋溢着忧国的伟大抱负，原是不特意注重技巧的。他爱使用大开大阖，纵横驰骤的笔阵，常是抓着一大堆的历史故事，层层叠叠地累积起来，好像不相连属似的；再凭着他那一腔豪气和一支健笔，把散乱满盘的珠子一个劲儿地贯穿了起来。他这种不拘常格的结构，也是其他词家所难办到的。例如第

---

① 引自《离骚》。

四讲中所举的《贺新郎》“绿树听鹈鴂”一阕，一发端罗列了许多禽鸟，接着又是一大串的历史故事，好像杂乱无章似的。只凭上下阕的两个“逆入平出”的七字句“算未抵、人间离别”和“正壮士、悲歌未彻”作为关纽，收缴上文，唤起下片，“千钧一发”，显出豪情壮采。非有“推倒一世之智勇，开拓万古之心胸”[1]的伟大气魄，是要弄到“画虎不成反类狗”[2]的。

辛弃疾另一阕《贺新郎》（赋琵琶）词，也是用的这一手法：

凤尾龙香拨。自开元、霓裳曲罢，几番风月。最苦浔阳江头客，画舸亭亭待发。记出塞、黄云堆雪。马上离愁三万里，望昭阳宫殿孤鸿没。弦解语，恨难说。　辽阳驿使音尘绝。琐窗寒、轻拢慢捻，泪珠盈睫。推手含情还却手，一抹凉州哀彻。千古事、云飞烟灭。贺老定场无消息，想沉香亭北繁华歇。弹到此，为呜咽。

——《稼轩长短句》卷一

① 引自陈亮《龙川文集》。

② 引自马援《诫兄子严敦书》。

这词除发端“凤尾龙香拨”五字点明一下题目外，就只把历史故事抓了一大把，凭着一股傻劲，一气赶下，直到“千古事、云飞烟灭”，把前面一大堆东西用力一扫，好像清扫战场似的，顿时出现一番壮烈气象。挺接“贺老定场无消息，想沉香亭北繁华歇”收缴全文，又和发端“霓裳曲罢”二句遥相映射，再用“弹到此，为呜咽”作结，波澜是异常壮阔的。

辛弃疾的忧国壮怀和忧谗隐痛，贯穿在他所有的代表词作中，是不能分割开来看的。他的结构严密而又声情郁勃的作品，也以表达这类的思想感情为最多，也最耐人寻味。兹再拈取两首，予以格局上的分析。

其一是《瑞鹤仙·赋梅》：

雁霜寒透幕。正护月云轻，嫩冰犹薄。溪奁照梳掠。想含香弄粉，靓妆难学。玉肌瘦弱，更重重、龙绡衬著。倚东风、一笑嫣然，转盼万花羞落。　寂寞。家山何在？雪后园林，水边楼阁。瑶池旧约，鳞鸿更仗谁托？粉蝶儿、只解寻花觅柳，开遍南枝未觉。但伤心、冷淡黄昏，数声画角。（“寻花”原作“寻桃”，此从周密《绝妙好词》卷一所录）

——《稼轩长短句》卷五

题是“赋梅”，从梅花未开写到将落，借用环境烘托，层次是很分明的。他的骨子里却隐藏着个人身世之感和关怀家国之痛，他那“磊磈不平之气”还是跃然纸上的。他借用晚唐诗人韩偓“云护雁霜笼澹月，雨连莺晓落残梅”[①]的话意，来点出冻梅所处的环境。雁从北地把霜气带来，就是装有重重帘幕，也抵不住寒威的侵袭，何况兀立在荒山穷谷中的梅树？她那精神受到压迫，是要感到痛苦的。接着仍写梅方含蕊时的气候，尽管霜威来袭，还没到坚冰难忍的时期，天上的白云也似乎对冷冷清清的明月具有同情心而予以遮护，教她好共梅魂保持纯洁的心灵，那前途还是大有可为的。“溪奁照梳掠”五字转进一层：不妨趁着这霜气还不十分严重的时机，对着镜面般的清泉从容梳掠，做好“一笑嫣然”的准备。“含香”二句从“梳掠”时的心境，感到“入时”妆饰的煞费经营。所以下面接上一句“玉肌瘦弱”，暗示内心的凄苦，但仍力自护持，把“与物为春”的冰玉精神牢牢保住，“龙绡衬著”约等于《离骚》“纫秋兰以为佩”的芳洁之思。静候“东

① 引自韩偓《半醉》，见《全唐诗》。

风”的到来，便尔“一笑嫣然”，“转盼”间顿使“万花羞落”。这果于自信的乐观主义精神，和“风流高格调”统一起来，是何等的光采焕发，教人神移目眩！过片以“寂寞”二字点醒，想到当年的“突骑渡江”[①]所为何事？梦里家山，何曾打了回去？即使把我移种园林楼阁间，亦只有顾影自怜、忍寒增恨而已。“雪后”二句是借用北宋高士林逋“雪后园林才半树，水边篱落忽横枝”[②]的诗意，暗示“富贵非吾愿”、栖隐亦非所期的微旨。所以紧接着“瑶池旧约，鳞鸿更仗谁托？”显示隐约难达的衷情，正和《摸鱼儿》“长门事，准拟佳期又误”消息相通，自己是不甘寂寞的。“粉蝶”三句宕开，也是从“鳞鸿”六字的反面转进一层，致慨于狂蜂浪蝶，一味追逐目前的荣华，把大好收复中原的机会全都失掉了。“南枝向暖北枝寒”也是有名的咏梅诗句，这里借来暗示当时北方的起义军，倾心南向，时机一失，大事就不复可为了。结以“冷淡黄昏，数声画角”，惋惜贞姿方茂，便尔凋零，画角吹奏着《梅花落》的凄音，又该是如何

① 见《稼轩长短句》卷九《鹧鸪天·有客慨然谈功名，因追念少年时事，戏作》。

② 见《林和靖集·梅花》。

的悲苦！“冷淡黄昏”四字，也从林逋的名句“暗香浮动月黄昏”[①]七字内截取而来，正和发端的“护月云轻”遥相激射。画角声中，再一凝想南来征雁，此情此景，正自难堪。是花是人，亦只有在模糊泪眼中去心领神会而已。

其二是《祝英台近·晚春》：

> 宝钗分，桃叶渡，烟柳暗南浦。怕上层楼，十日九风雨。断肠点点飞红，都无人管，倩谁劝、啼莺声住。[②] 鬓边觑，应把花卜归期，才簪又重数。罗帐灯昏，哽咽梦中语：“是他春带愁来，春归何处？却不解、带将愁去。”
>
> ——《稼轩长短句》卷七

折钗赠别，原以表示后约有凭。桃叶渡头，也是一处“南朝千古伤心地”（吴激《人月圆》，见《中州乐府》）。在《桃叶歌》中有这样真挚的句子：“但渡无所苦，我自迎接汝。”（《乐府诗集》卷四十五《吴声曲辞》）作者用来作为发端，以寓君臣离合的隐痛。“烟柳暗南浦”五字，加倍烘托

---

① 见《林和靖集·山园小梅》。

② “点点”原作“片片”，“倩”原作“更”，此从《绝妙好词》卷一所录。

出作者遭谗去国的沉痛心情，气象是阴森沉郁的。孝宗对他原有重用的意思，无奈谗人交织，又不得不暂时分手，以待后缘。当日那批小人，总是用尽阴谋诡计，一心要把他排挤出去，表面上给他以职位上的尊荣，骨子里却不断加以陷害，而孝宗是懵然无所觉的。这从他所引用的《桃叶歌》漏出一些消息。跟着突出“怕上层楼，十日九风雨”九字，成为“千古高唱”，也就是从“烟柳暗南浦”五字折进一层来加倍渲染成功的。忧谗之极，岌岌自危，“十二金牌”和“莫须有”三字的奇冤，时时都在压抑着爱国英雄的豪情壮志而使他连气都透不过来。“断肠”以下三句，可和《摸鱼儿》的上半阕相互参看。因“十日九风雨”催成“点点飞红”、“春意阑珊”的凋残景象，那批醉生梦死的人们却不管这些，依旧播弄着它那“如簧”的巧舌，一笔勾转，收缴上段，情调是无限酸楚郁勃的。过片着“鬓边觑”三字，它的血脉是从“点点飞红”二句暗注过来的。他那一伙对“点点飞红”无动于衷，我呢？却把饱经风雨的残枝剩朵插向鬓边予以珍惜，这是一个方面；在伤春伤别、忧谗念乱的哀怨交织中，簪上几朵残花，和怒生华发映带起来，又加倍渲染着满腔悲愤，这又是一个方面。在“无可奈何”的绝望当中又不能不寄以一线的痴想，逼出下文“应把花卜归期，才簪又重数”十一字，真是回肠九转，一字一泪，惊心动魄。“罗帐”二句，点出后半阕的眉眼，又和前半阕的“烟柳暗南浦”遥相激射，突出“谗谮消沮”的沉痛心情。以下长引一声，呼天抢地，从而埋怨那司春之神，凭借着他那长养万物的威权，带给人们以难言的苦痛，而到了这“点点飞红”的危急关头，他却悄无声息地溜走了。当他相送南浦时的约言“但渡无所苦，我自迎接汝”，如今安在？这骨子里蕴藏着的东西，绝不是一般儿女恩怨的离情别绪所能解释得了的。

上面只是随手拈来几首历来传诵的宋词，从内容和形式两方面结合起来，酌加分析，帮助读者深入学习古人的一些代表作品，并吸取经验，借以锻炼自己怎样去表达思想感情的艺术手法。

至于前人有关词的结构方面的理论，有就全局来谈的，如宋沈义父说：

> 作大词，先须立间架，将事与意分定了，第一要起得好，中间只铺叙，过处要清新，最紧要是末句，须是有一好出场方妙。
>
> ——《乐府指迷》

这一段话可和前面所引张炎《词源》的说法参互探讨，也多是从慢词长调着眼来谈的。慢词长调要特别重视起结，这是所有倚声家所一致同意的。元陆辅之也曾说过：

> 对句好可得，起句好难得，收拾全藉出场。
>
> ——《词旨》

清刘熙载更从陆说予以推衍，谈得更为深透。他说：

> 余谓起、收、对三者皆不可忽。大抵起句非渐引即顿入，其妙在笔未到而气已吞。收句非绕回即宕开，其妙在言虽止而意无尽。对句非四字六字即五字七字，其妙在不类于赋与诗。
>
> ——《艺概》卷四《词曲概》

一般作者多用“渐引”的起法，“顿入”则恒取逆势。要做到“笔未到而气已吞”的境界，我看只有苏轼的“大江东去，浪淘尽、千古风流人物”。（《念奴娇·赤壁怀古》）和“明月几时有？把酒问青天”。（《水调歌头》）以及辛弃疾的“更能消、几番风雨，匆匆春又归去”。（《摸鱼儿》）才可算得达到标准。至结语亦多取“绕回”而少用“宕开”，这在长调更是如此。所谓“言虽止而意无尽”，在短调小令中，一般却都重视弦外余音，因而多取“宕开”的手法。长调要收束得紧，怕的是散漫无归宿，只有“以景结情”，才便“放开，合有余不尽之意”。（并见《乐府指迷》）除沈氏所引《清真集》中的“断肠院落，一帘风絮”。（《瑞龙吟》）和“掩重关，遍城钟鼓”。（《扫花游》）之外，我觉得柳永的“凝泪眼、杳杳神京路，断鸿声远长天暮”。（《夜半乐》，见第五讲）和辛弃疾的“休去倚危阑，斜阳正在，烟柳断肠处”。（《摸鱼儿》）都是宕开远神，值得我们学习的。至于情景交融，首尾相应，起取“顿入”，收亦“绕回”，亦“宕开”，能够做到一片神行而又顾盼生姿的境界，我是最喜欢秦观《八六子》那一阕[①]的。

以上所谈，多属于慢词长调方面的结构手法，总不外乎头、腹、尾三个部分安排得恰当，虽然中间的错综变化，由于每一曲调的不同，不能拘以一格，但都得处处顾到整体，要求血脉贯注，才能做到笔飞墨舞，极尽倚声家的能事。

至于词中所极意描绘的内容，要不出于情景两者的融

---

① 见本书第五讲第82页。

合。刘熙载说：

> 词或前景后情，或前情后景，或情景齐到，相间相融，各有其妙。
>
> ——《艺概》卷四《词曲概》

又说：

> 一转一深，一深一妙，此骚人三昧，倚声家得之，便自超出常境。

又说：

> 词要放得开，最忌步步相连；又要收得回，最忌行行愈远；必如天上人间，去来无迹，斯为入妙。
>
> ——并见《词曲概》

这些话都是讲得很透辟的。触景生情，托物起兴，是所有讴咏的源泉，除此别无诗歌存在的余地。不论“前景后情”也好，“前情后景”也好，“感于物而动”，因而词人所描摹的“景”，即有“情”寓其中。例如第五讲中所举辛弃疾的《清平乐·独宿博山王氏庵》，上半阕所描写的都是视觉或听觉所接触到的室内室外的“景”，而一种小丑跳梁、英雄失志的悲愤心情，即跃然于语言文字之外。这“前景”和“后情”即相融会，而意态毕出。又如李煜的《乌夜啼》：“林花谢了春红，太匆匆！无奈朝来寒雨晚来风！”表面上所写的是“花”、是外境，也就是“景”，骨子里却含蕴着作者的无穷哀怨的“情”，真正做到“一转一深，一深一妙”。过片“胭脂泪，相留醉，几时重”？是花，是人，亦连，亦断。结以“自是人生长恨水长东”，把全局“宕开”，同时也把它放在“空中荡漾”（借用刘熙载语），这就叫作“言虽止而意无尽”。使听者如闻韩娥“曼声哀哭，一里老幼，悲愁垂涕相对，三日不食”。（《列子》卷五《汤问》）又如李煜所写的另一首《乌夜啼》：

> 无言独上西楼，月如钩。寂寞梧桐深院锁清秋。剪不断，理还乱，是离愁。别是一般滋味在心头。
>
> ——《唐宋诸贤绝妙词选》卷一

上半阕看似景语，而情在其中，不独“无言独上”和“寂寞”等字透露满腔哀怨而已。过片二语是从“无言”孕出，接上“是离愁”三字，而上阕的如钩眉月和深院梧桐，都只是“助寡人伤心资料”（借用唐明皇入蜀时语）。结以“别是一般滋味在心头”，千回百折，余音袅袅，所以能使读者荡气回肠，为之欷歔感叹而不能自已。

还有全部写的只是外境，而一句一转，一步逼紧一步，移步换形，愈转愈深，直到最后才透露一点消息，就把个中人的神态和心理充分刻画出来。你只要凝神闭目，仔细体味一下第五讲中所列举的冯延巳《谒金门》一词，就会了解到“吹皱一池春水，干卿何事”？（马令《南唐书》卷二十一所载南唐中主李璟戏延巳语）是十分有意思的。

近人王国维特别推重李璟“菡萏香销翠叶残，西风愁起绿波间”二语，以为“大有众芳芜秽，美人迟暮之感”（《人间词话》卷上）。且举李璟两词如下：

菡萏香销翠叶残，西风愁起绿波间。还与韶光共憔悴，不堪看。　　细雨梦回鸡塞远，小楼吹彻玉笙寒。多少泪珠何限恨，倚阑干。

手卷真珠上玉钩，依前春恨锁重楼。风里落花谁是主？思悠悠。　　青鸟不传云外信，丁香空结雨中愁。回首绿波三峡暮，接天流。

——《摊破浣溪沙》[1]

我们要理解李璟这两首词，先得约略了解作者当时的心境，并从每一首的整个结构来加以分析。作者是一个在文艺上有深厚素养而在政治上却优柔寡断的小皇帝，当日强邻压境，心怀忧惧而又不敢抗争，终至迁都南昌，抑郁以死。这两首词，我疑心可能是他在庐山作的，所以有“鸡塞（我认为是指的南京鸡鸣埭）远”和“三峡暮”的话。前一首的发端，也只是触景生情，淡淡着笔，而含思凄婉，情融景中。他把“香销”、“叶残”归结到“西风”的摇撼，却不肯直说，而从“绿波间”泛起的皱纹，反映着这纤尘不染的荷花，终不免受到无情的摧折，这难道是自然规律，“无所逃于天地之间”的吗？“惟忧用老”，脸上的皱纹也和泛起的绿波差相仿佛。由此逗引出下文的“还与韶光共憔悴，不堪看”的无穷哀怨来。花和人、外境和内心，乃更融成一片。过片用两个对

① 见《历代诗余》卷一百十三引《耆旧续闻》。马令《南唐书》卷二十五《谈谐传》亦曾载入，惟“绿波”作“碧波”，“韶光”作“容光”，“鸡塞远”作“清漏永”，“多少泪珠何限恨”作“簌簌泪珠多少恨”，“真珠”作“珠帘”，“三峡”作“春色”。

句，折入所以“共憔悴”的因由和内在的忧郁。“细雨”从“西风”转进一层，酿成“憔悴”，又不但是“西风”的摧折而已。“鸡塞”在“梦回”时犹历历如在眼前，此身却只闷处“小楼”，纵有“玉笙吹彻”，由于梦境全非，亦只增加清寒索寞的感受。由此逼出“多少泪珠何限恨”，百无聊赖地靠着阑干，发发呆想。“倚阑干”三字掉头反顾，忍泪吞声，亦只办得将绝余音，与“袅袅兮秋风”、“长无绝兮终古”（《楚辞·九歌》）而已。第二阕用的是“渐引”的起法，随手拈来，而一种“无可奈何”的情态已隐约示现于模糊泪眼中，逼出“风里落花谁是主？思悠悠”的凄调，也就点醒了整体的眉目。过片又是两个对句，一从外境勾引内心，一从内心摄取外境，并自“风里落花”逗入。家国兴亡，到这时，已经是自己做不了主。“青鸟”不把西王母的音信从“云外”传来，想要当一个“陪臣”去赴“瑶池之宴”，又不免徘徊瞻顾，欲行不得，也就只好自处于“雨中”的“丁香”，“中心如结”，谁能把它解开呢？“三峡”居长江上游，而李璟的都城却在长江下游的金陵（南京），“回首绿波”，“水随天去”（借用辛弃疾《水龙吟·登建康赏心亭》词中语），滔滔东逝，颓势难挽，吾且谓之何哉！这结句是用“宕开”的手法，却又与起句遥相映射，也可说是言已尽而意无穷，充分表达了他那悲观消极的内在情感。

小令短调，最要重视结句所谓“一唱三叹”的袅袅余音。我们能就南唐、北宋诸名家的作品中，加以往复涵咏，是可以吸取许多经验，来增加自己的艺术手法的。

第八讲　论四声阴阳

倚曲填词，首先要顾到歌者转喉发音的自然规律，把每一个字都安排得十分适当，才不致拗嗓或改变字音，使听者莫名其妙。我们学习填写或创作歌词，所以必须对四声阴阳予以特别注意，甘受这些清规戒律的束缚，也只是为了使唱的人利于喉吻，唱得字字清晰，又能获致珠圆玉润的效果；听的人感到铿锵悦耳，而又无音讹字舛的毛病。语言和曲调的结合，形式和内容的统一，确是要煞费经营的。

运用平、上、去、入四声作为调整文学语言的准则，使它更富于音乐性，是从沈约、王融、谢朓等人开始的。经过无数作家的辛勤劳动，积累了许多宝贵经验，建立了“约句准篇，回忌声病”的所谓近体律诗，也只是为了便于长言咏叹，增强诗歌的感染力。如果要把它和音乐曲调取得更严密的结合，就不像做近体诗只讲平仄的那么简单。清初人黄周星在他著的《制曲枝语》中曾经说道：“三仄更须分上去，两平还要辨阴阳。”原来在唐宋词中，平声的阴阳还不够严格，只是上、去、入三声的安排，不论在句子中间或韵脚上都比律诗要讲究得多。一般韵脚是平入独用、上去通协的。

宋词作家注意平别阴阳、仄分上去入，最早见于张炎《词源》卷下所引张枢（字斗南，张炎的父亲）的《寄闲集》（音已失传）。据张炎说：

> 先人晓畅音律，有《寄闲集》，旁缀音谱，刊行于世。每作一词，必使歌者按之，稍有不协，随即改正。曾赋《瑞鹤仙》一词云：
>
> 卷帘人睡起。放燕子归来，商量春事。芳菲又无几。减风光都在，卖花声里。吟边眼底，被嫩绿、移红换紫。甚等闲、半委东风，半委小桥流水。　还是，苔痕湔雨，竹影留云，做晴犹未。繁华迤逦，西湖上、多少歌吹？粉蝶儿、扑定花心不去，闲了寻香两翅。那知人、一点新愁，寸心万里。
>
> 此词按之歌谱，声字皆协，惟“扑”字稍不协，遂改为“守”字乃协。始知雅词协音，虽一字亦不放

过，信乎协音之不易也。又作《惜花春起早》云：“琐窗深”。“深”字意不协，改为“幽”字，又不协，再改为“明”字，歌之始协。此三字皆平声，胡为如是？盖五音有唇、齿、喉、舌、鼻，所以有轻清重浊之分。

这里说明由于发音部位的不同，对咬准字音有着重大关系。刘熙载在他所著《艺概》卷四《词曲概》中，有进一步的阐发。他说：

词家既审平仄，当辨声之阴阳，又当辨收音之口法。取声取音，以能协为尚。玉田称其父《惜花春起早》词“琐窗深”句，“深”字不协；改为“幽”字，又不协；再改为“明”字，始协；此非审于阴阳者乎？又“深”为闭口音，“幽”为敛唇音，“明”为穿鼻音，消息亦别。

这注意口法的理论，是从元、明以后在歌唱家的实际经验中总结而来的。元人顾仲瑛所著《制曲十六观》云：

曲中用字，有阴阳法。人声自然音节，到音当轻清处，必用阴字，音当重浊处，必用阳字，方合腔调。

用阴字法，如《点绛唇》首句，韵脚必用阴字。试以“天地玄黄”为句歌之，则歌“黄”字为“荒”字，非也。若以“宇宙洪荒”为句，协矣。盖“荒”字属阴，“黄”字属阳也。用阳字法，如《寄生草》末句七字内，第五字必用阳字。以“归来饱饭黄昏后”为句歌之，协矣。若以“昏黄后”歌之，则歌“昏”字为“浑”字，非也。盖“黄”字属阳，“昏”字属阴也。

近人沈曾植就顾说再加阐明：“阴字配轻清，阳字配重浊，此当是乐家相传旧法。”（《菌阁琐谈》）吴梅更以工尺字谱引申其说：“七音中合四为下，宜阳声字隶之；六五为高，宜阴声字隶之。”（蔡桢《词源疏证》卷下引）这都是为了说明倚声家所以必须严格讲究四声阴阳的理论根据，词曲原是相同的。

关于这一问题的解答，我觉得明人王骥德说得比较详尽。他在所著《方诸馆曲律》中谈到四声平仄，是这样说的：

四声者，平、上、去、入也。平谓之平，上、去、入总谓之仄。曲有宜于平者，而平有阴、阳；有宜于仄者，而仄有上、去、入。乖其法，则曰拗嗓。盖平声声尚含蓄，上声促而未舒，去声往而不返，入声则逼侧而调不得自转矣。

——《方诸馆曲律》卷二《论平仄》第五

这是说明四声的不同性质，必得把它们安排在适当的地位，才使歌唱者不致遭到“拗嗓”的困难。其论阴阳，又把南北曲的不同唱法做了剖析。他说：

夫自五声之有清、浊也，清则轻扬，浊则沉郁。周氏[1]以清者为阴，浊者为阳；故于北曲中，凡揭起字皆曰阳，抑下字皆曰阴。而南曲正尔相反。南曲凡清声字皆揭而起，凡浊声字皆抑而下。今借其所谓“阴”、“阳”二字而言，则曲之篇章句字，既播之声音，必高下抑扬，参差相错，引如贯珠，而后可入律吕，可和管弦。倘宜揭也而或用“阴”字，则声必欺字；宜抑也而或用“阳”字，则字必欺声。阴、阳一欺，则调必不和；欲诎调以就字，则声非其声；欲易字以就调，则字非其字矣。毋论听者迕耳，抑亦歌者棘喉。《中原音韵》载歌北曲《四块玉》者，原是“彩扇

① 指周德清《中原音韵》。

歌，青楼饮”，而歌者歌“青”为“晴”，谓此一字欲扬其音，而“青”乃抑之，于是改作“买笑金，缠头锦”而始叶；正声非其声之谓也。

——《方诸馆曲律》卷二《论阴阳》第六

他这里所引的北曲《四块玉》，是马致远写的《海神庙》小令，全文如下：

彩扇歌，青楼饮，自是知音惜知音，桂英你怨王魁甚。但见一个傅粉郎，早救了买笑金，知它是谁负心。

——《梨园按试乐府新声》卷下

这和《中原音韵》所录：

买笑金，缠头锦，得遇知音可人心。怕逢狂客天生沁。纽死鹤，劈碎琴，不害碜。

——《中原音韵·正语作词起例》

原是两回事。周德清只把它加上“缠字属阳，妙”五个字的评语，并不曾说是用马词改的。但这第二句的第一字必得用阳平，就是因为紧靠着它的上一字，不论是“歌”字也好，“金”字也好，都属阴平。依北曲的唱法，“金”字或“歌”字刚才抑下，那么，下面就该扬起，所以必定要接上一个阳平的“缠”字。如果第二句的第一字用的仍是阴平的“青”字，就是违反了“高下抑扬、参差相错”的规律，在旋律上转不过来，就自然要把它变成“晴”了。

南曲对阴、阳平的唱法，恰恰和北曲相反，把阴声揭起唱，阳声抑下唱。但“高下抑扬、参差相错”的基本法则，是一样不能违反的。在南曲中阴、阳平的位置，就要看它和它紧靠着的那个字是否搭配得恰当，才能够唱得准确美听。据王骥德的说法：“大略阴字宜搭上声，阳字宜搭去声。”并从高则诚《琵琶记》中举了一些例子：

例一（引自第五出《南浦嘱别》）：

旦唱：〔尾犯序〕无限别离情，两月夫妻，一旦孤零。此去经年，望迢迢玉京。思省，奴不虑山遥路远，奴不虑衾寒枕冷；奴只虑，公婆没主，一旦冷清清。

生唱：〔前腔〕何曾，想着那功名？欲尽子情，难拒亲命。我年老爹娘，望伊家看承。毕竟，你休怨朝雨暮云，只得替着我冬温夏凊。思量起，如何教我割舍得眼睁睁。

旦唱：〔前腔〕儒衣才换青，快著归鞭，早办回程。十里红楼，休重娶娉婷。叮咛，不念我芙蓉帐冷，也思亲桑榆暮景。亲嘱咐，知他记否空自语惺惺。

生唱：〔前腔〕宽必须待等，我肯恋花柳，甘为萍梗？只怕万里关山，那更音信难凭。须听，我没奈何分情破爱，谁下得亏心短行？从今去，相思两处一样泪盈盈。

这一例中的“冷”字是掣板，要用抑下的唱法，以上声字为最适当。“清”字要揭起唱，该用阴平声字。后面“眼睁睁”的“眼”字、“语惺惺”的“语”字和前面的“冷”字，恰好都是上声；紧接着“清清”、“睁睁”、“惺惺”等阴平字，都是异常协调的。只有最后“泪盈盈”的“泪”字是去声；唱起来，一开口就感到用尽气力，还是转不过来；下面紧接着“盈盈”两个阳平字，也不便于揭起，所以必得把“盈”字唱作阴平的“英”字。这个“阳搭去”，是因为去在上而阳在下，而且紧靠着是两个去声、两个阳平的缘故。

例二（引自第二十八出《中秋望月》）：

生唱：〔念奴娇序〕孤影，南枝乍冷，见乌鹊缥缈惊飞，栖止不定。万点苍山，何处是，修竹吾庐三径？追省，丹桂曾攀，嫦娥相爱，故人千里谩同情。

贴唱：〔前腔〕光莹，我欲吹断玉箫，骖鸾归去，不知风露冷瑶京？环佩湿，似月下归来飞琼。那更，香雾云鬟，清辉玉臂，广寒仙子也堪并。

生唱：〔前腔〕愁听，吹笛关山，敲砧门巷，月下都是断肠声。人去远，几见明月亏盈。惟应，边塞征人，深闺思妇，怪他偏向别离明。

这一例中的“孤影”是以阴平搭下面的上声字，“愁听”是以阳平搭下面的去声字，唱起来都很准确美听。只有“光莹”的“光”字，唱起来好像是个阳平的“狂”字，就因为“光”字是以阴平搭去声的缘故。如果把“光”字改成阳平字，或者把“莹”字改为上声字，那就都可唱准了。

例三（引自第三出《牛氏规奴》）：

丑唱：〔前腔〕春昼，只见燕双飞，蝶引队，莺语似求友。那更柳外画轮，花底雕鞍，都是少年闲游。难守，孤房清冷无人，也寻一个佳偶。这般说，终身休配鸾俦。

贴唱：〔前腔〕知否？我为何不卷珠帘，独坐爱清幽？千斛闷怀，百种春愁，难上我的眉头。休忧，任他春色年年，我的芳心依旧。这文君，可不担阁了相如琴奏。

丑唱：〔前腔〕今后，方信你彻底澄清，我好没来由。想象暮云，分付东风，情到不堪回首。听剖：你是蕊官琼苑神仙，不比尘凡相诱。谨随侍，窗下拈针挑绣。

这一例中的“春昼”、“知否”、“今后”三个短句，上面都是阴平字。但只“知否”两字唱来好听；至于“春”字唱出会变成“唇”字，“今”字唱出会变成“禽”字，就是因为它那下面的“昼”、“后”两字都是去声，必然要影响它那上面的字调。如果把“春”、“今”都改成阳平字，或者把“昼”、“后”都改成上声字，那也就会容易唱得准确的。

这个阴平搭上、阳平搭去的法则，是在昆山水磨腔发明之后才确立起来的。由于旋律方面的自然规律，在“高下抑扬、参差相错”的运用上，每个字调的安排，是该予以仔细斟酌的。

王骥德这些说法，虽然都属于南曲方面的唱腔关系问题，而要使所配的歌词不违反这些自然规律，必定要把四声阴阳安排得异常恰当，在原则上是词曲相通的。

万树《词律》就是在昆山腔盛行和明代声乐理论家沈宠

绥（所著《度曲须知》尤多精辟的见解）、王骥德等的影响下，得到不少启发，从而体会到“高下抑扬、参差相错”的基本法则，宋词和南曲是一脉相承，不无二致的。所以他在《词律·发凡》里，对四声字调的安排问题也就有了一些创见。他说：

> 平止一途，仄兼上、去、入三种，不可遇仄而以三声概填。盖一调之中，可概者十之六七，不可概者十之三四，须斟酌而后下字，方得无疵。此其故，当于口中熟吟，自得其理。夫一调有一调之风度声响。若上去互易，则调不振起，便成落腔。尾句尤为吃紧。如《永遇乐》之“尚能饭否”、《瑞鹤仙》之“又成瘦损”，“尚”、“又”必仄，“能”、“成”必平，“饭”、“瘦”必去，“否”、“损”必上，如此然后发调。末二字若用平上，或平去，或去去、上上、上去，皆为不合。

万氏认为，对三仄的处理得服从于每一曲调的风度声响，这是对的。但说“平止一途”，却存有词要“上不类诗、下不似曲”的偏见。平别阴阳，是词曲一贯的，他把张炎《词源》的话都忽略了。他所引的《永遇乐》是辛弃疾的作品，《瑞鹤仙》是史达祖的作品。全文如下：

千古江山，英雄无觅，孙仲谋处。舞榭歌台，风流总被、雨打风吹去。斜阳草树，寻常巷陌，人道寄奴曾住。想当年、金戈铁马，气吞万里如虎。　元嘉草草，封狼居胥，赢得仓皇北顾。四十三年，望中犹记、烽火扬州路。可堪回首，佛狸祠下，一片神鸦社鼓。凭谁问、廉颇老矣，尚能饭否？

——《稼轩长短句》卷五《永遇乐·京口北固亭怀古》

杏烟娇湿鬓。过杜若汀洲，楚衣香润。回头翠楼近。指鸳鸯沙上，暗藏春恨。归鞭隐隐，便不念、芳盟未稳。自箫声吹落云东，再数故园花信。　谁问？听歌窗罅，倚月钩阑，旧家轻俊。芳心一寸，相思后，总灰尽。奈春风多事，吹花摇柳，也把幽情唤醒。对南溪桃萼翻红，又成瘦损。

——《梅溪词·瑞鹤仙》

单就这两个曲调的结句四字来说，把它安排为去、平、去、上，“然后发调”，这是就音理上来讲，是值得研究的。但这一诀窍，还是要在“高下抑扬、参差相错”的基本法则上，将紧靠着的上下文予以适当调整，才说得通。绝对不能看得太死。看得太死，就要到处碰壁，动多窒碍。单就万氏所举两调来看，《永遇乐》的结句，苏轼词二首，一为“也应暗记”是“上平去去”，一为“为余浩叹”是“去平去去”（并见《东坡乐府》卷上）；辛弃疾另外四阕，除“记余戏语”为“去平去上”，和“尚能饭否”相同外，余如“更邀素月”是“去平去入”，“这回稳步”和“片云斗暗”都是“去平上去”；这可能说苏、辛词是不大注意音律，也不准备拿给人们去唱，所以有合有不合。至于《瑞鹤仙》，数到周邦彦，是绝对协律，可付歌喉，万无“落腔”的理由的。且看周词的全阕：

悄郊原带郭。行路永、客去车尘漠漠。斜阳映山落，敛余红犹恋，孤城栏角。凌波步弱，过短亭、何用素约？有流莺劝我，重解绣鞍，缓引春酌。　不记归时早暮，上马谁扶？醒眠朱阁。惊飙动幕，扶残醉，绕红药。叹西园已是，花深无地，东风何事又恶？任流光过却，犹喜洞天自乐。

——《清真集》卷上

这结句六字“犹喜洞天自乐”是“平上去平去入”，还可说是“又一体”，不能和史词并论。但《梅溪词》中另一首《赋红梅》的结句“旧家姊妹”是“去平上去”，《词律》所载第一体毛幵词的结句“为谁自绿”（原出《樵隐词》）是“去平去入”，那将怎样解释呢？

因为万树在这些地方看得太死，他那一生辛苦经营的《词律》的可信价值也就被大大贬损了。但他在实际体验中和昆曲唱腔的重大影响下，能够领会到平仄四声所具的不同性质，必须予以适当安排，才能吻合声腔，不致拗嗓，这一点是对填词家有很大启发的。他说：

> 上声舒徐和软，其腔低；去声激厉劲远，其腔高；相配用之，方能抑扬有致。大抵两上两去，在所当避，而篇中①所载古人用字之法，务宜仿而从之，则自能应节，即起周郎②听之，亦当蒙印可也。更有一要诀，曰“名词转折跌荡处多用去声”，何也？三声之中，上、入二者可以

---

① 按：指作者万树本人所作《词律》。

② 指三国时的周瑜，他精通音乐，当时有“曲有误，周郎顾”的谚语。

作平，去则独异。故余尝窃谓，论声虽以一平对三仄，论歌则当以去对平、上、入也。当用去者，非去则激不起，用入且不可，断断勿用平、上也。

——《词律·发凡》

他对去声字的特性特别拈出，确是一个重大的发明。不但按之宋词名作，十九皆合；直到现在民间流行的北方曲艺和南方评弹，以至扬州评话等，都很重视这去声字的作用，是值得每一个歌词工作者特别考究的。所谓“名词（名家所填的词）转折跌荡处多用去声”，我们把它叫作“领字”或“领格字”，在前几讲中也曾约略提到。这一个字具有领起下文、顶住上文的特等任务，作为长调慢曲转筋换骨的关纽所在，必须使用激厉劲远的去声字，才能担当得起。有如第四讲所举柳永《八声甘州》中的“对”、“渐”、“望”、“叹”、“误”等字，第五讲所举周邦彦《忆旧游》中的“记”、“听”、“渐”、“道”、“叹”、“但”等字，都是全阕的关纽，可以作为最好的范例。

又如姜夔《眉妩》（一名《百宜娇·戏张仲远》）：

看垂杨连苑，杜若侵沙，愁损未归眼。信马青楼去，重帘下，娉婷人妙飞燕。翠尊共款，听艳歌、郎意先感。便携手、月地云阶里，爱良夜微暖。　无限，风流疏散。有暗藏弓履，偷寄香翰。明日闻津鼓，湘江上、催人还解春缆。乱红万点，怅断魂，烟水遥远。又争似相携，乘一舸，镇长见。

——《白石道人歌曲》

你看他在“转折跌荡处”和领格字用的“看”、“听”、“便”、“爱”、“怅”、“又”等去声字是怎样的发越响亮！还有“信马”的“去上”，“翠尊共款”和“乱红万点”的“去平去上”，“郎意先感”和“良夜微暖”的“平去平上”，“人妙飞燕”和“偷寄香翰”的“平去平去”，“还解春缆”和“烟水遥远”的“平上平上”，各个具有它的特殊音节，细心体味，是和本阕内容所赋的调侃风趣相称的。又如他的自度曲《翠楼吟·淳熙丙午冬，武昌安远楼成，与刘去非诸友落之，度曲见志》：

月冷龙沙，尘清虎落，今年汉酺初赐。新翻胡部曲，听毡幕元戎歌吹。层楼高峙。看槛曲萦红，檐牙飞翠。人姝丽，粉香吹下，夜寒风细。　此地，宜有词仙，拥素云黄鹤，与君游戏。玉梯凝望久，叹芳草萋萋千里。天涯情味。仗酒祓清愁，花销英气。西山外，晚来还卷，一帘秋霁。

——《白石道人歌曲》

这一调把去声字用在转折跌荡处的，有“看”、“仗”两字；用在上三下四句式的领首的，有“听”、“叹”两字；只一“拥”字是用的上声。原来在取逆势的句法中，第一字也有十之八九是适宜于用去声字，才会感到气力充沛，音势劲挺，有如辛弃疾《摸鱼儿》“更能消几番风雨”的“更”字，姜夔《疏影》“昭君不惯胡沙远，但暗忆江南江北”的“但”字之类皆是。

我们再看柳永、周邦彦这些深通音律的词家，是怎样在“转折跌荡处”运用去声字的？柳作如《卜算子慢》：

江枫渐老，汀蕙半凋，满目败红衰翠。楚客登临，正是暮秋天气。引疏砧、断续残阳里。对晚景、伤怀念远，新愁旧恨相继。　脉脉人千里。念两处风情，万重烟水。雨歇天高，望断翠峰十二。尽无言、谁会凭高意？纵写得、离肠万种，奈归云谁寄？

又如《雨霖铃》：

寒蝉凄切，对长亭晚，骤雨初歇。都门帐饮无绪，留恋处，兰舟催发。执手相看泪眼，竟无语凝噎。念去去、千里烟波，暮霭沉沉楚天阔。　多情自古伤离别，更那堪、冷落清秋节！今宵酒醒何处？杨柳岸、晓风残月。此去经年，应是、良辰好景虚设。便纵有、千种风情，更与何人说？

——以上并见《乐章集》卷中

这《卜算子慢》中的“对”、“念”、“纵”、“奈”等字，《雨霖铃》中的“对”、“竟”、“念”、“更”、“便”等字，都是去声，在转接提顿处都发挥着重大的作用，加强了声情上的感染力。只要耐心往复吟咏，就会体会到的。

周邦彦工于创调，对音律方面是十分考究的。王国维曾说他的词，“拗怒之中，自饶和婉，曼声促节，繁会相宣，清浊抑扬，辘轳交往”。（《清真先生遗事》）从音律上来看，他对四声字调的安排，确是能够符合“高下抑扬、参差相错”的基本法则，而掌握得非常熟练的。且看他的《齐天乐·秋思》：

绿芜凋尽台城路，殊乡又逢秋晚。暮雨生寒，鸣蛩劝织，深阁时闻裁剪。云窗静掩。叹重拂罗茵，顿疏花簟。尚有练囊，露萤清夜照书卷。　　荆江留滞最久，故人相望处，离思何限？渭水西风，长安乱叶，空忆诗情婉转。凭高眺远，正玉液新篘，蟹螯初荐。醉倒山翁，但愁斜照敛。

——《清真集》卷下

在这一阕中所用的去声字，发挥着多种作用。除掉用在转接处的“叹”、“正”两字具有一般承上领下的负重力外，还有“平平仄平平仄”有如“殊乡又逢秋晚”，“仄平平仄仄平仄”有如“露萤清夜照书卷”，“平仄平仄”有如“离思何限”等特殊句式，他掌握了去声字“激厉劲远”的特性，在适当的句子中间安排上“又”、“露”、“夜”、“照”、“卷”、“思”、“限”等许多去声字，增强了声情上的激越感；又如“静掩”、“渭水”、“眺远”、“照敛”等去上联缀，也是十分符合南词（即“南曲”、“南戏”）歌唱行腔时的自然规律的。近人吴梅在他所著的《词学通论》中，就曾提到《齐天乐》有四处必须用去上声，并举“云窗静掩”、“露萤清夜照书卷”、“凭高眺远”、“但愁斜照敛”四句为例，说“静掩”、“眺远”、“照敛”等六字“万不可用他声”（第二章《论平仄四声》）。但他却忽略了“渭水”二字也是“去上”，而把另一种运用去声字法的“露萤清夜照书卷”七言句放了上去，这是值得商榷的。

《清真集》中运用去声字特见精彩的，几乎触目皆是。平韵体有如《庆春宫》：

云接平冈，山围寒野，路回渐转孤城。衰柳啼鸦，惊风驱雁，动人一片秋声。倦途休驾，淡烟里、微茫见星。尘埃憔悴，生怕黄昏，离思牵萦。　华堂旧日逢迎，花艳参差，香雾飘零。弦管当头，偏怜娇凤，夜深簧暖笙清。眼波传意，恨密约、匆匆未成。许多烦恼，只为当时，一晌留情。

仄韵体有如《大酺》：

对宿烟收，春禽静，飞雨时鸣高屋。墙头青玉旆，洗铅霜都尽，嫩梢相触。润逼琴丝，寒侵枕障，虫网吹粘帘竹。邮亭无人处，听檐声不断，困眠初熟。奈愁极频惊，梦轻难记，自怜幽独。　行人归意速，最先念、流潦妨车毂。怎奈向、兰成憔悴，卫玠清羸，等闲时、易伤心目。未怪平阳客，双泪落、笛中哀曲。况萧索青芜国，红糁铺地，门外荆桃如菽。夜游共谁秉烛？

又如《绕佛阁》：

暗尘四敛，楼观迥出，高映孤馆。清漏将短，厌闻夜久签声动书幔。桂华又满，闲步露草，偏爱幽远。花气清婉。望中迤逦城阴度河岸。　倦客最萧索，醉倚斜桥穿柳线。还似汴堤虹梁横水面，看浪飐春灯，舟下如箭。此行重见。叹故友难逢，羁思空乱，两眉愁、向谁舒展？

——以上并见《清真集》卷下

这三个长调中，在领格和转折跌荡处用去声字的，《大酺》一调有“对”、“听”、“奈”、“况”等，《绕佛阁》一调有“看”、“叹”等字。在上三下四的特殊句式中把去声字用在句首或中腰第四、第六字的，《庆春宫》一调有“淡烟里微茫见星”的“淡”和“见”，“恨密约匆匆未成”的“恨”和“未”；而这“见”和“未”都夹在三平的中间，尤关重要。这“平平仄平”的仄声，如果不用去声字，是很难振起的。《大酺》一调有“等闲时易伤心目”的“易”字，《绕佛阁》一调有“两眉愁向谁舒展”的“向”字。这两个去声字就好像七言句中的眼珠子，非把它突出，是难以传神的。辛弃疾作的《水龙吟·登建康赏心亭》结尾是“倩何人唤取，红巾翠袖，揾英雄泪”。这“揾”字的性质也和“易”、“向”二字相同，而且和领格的“倩”字是互相呼应的。在连用两仄处，使用“上去”的，有如《庆春宫》“只为当时”的“只为”，《大酺》“寒侵枕障”的“枕障”，《绕佛阁》“醉倚斜桥穿柳线”的“柳线”和“还似汴堤虹梁横水面”的“水面”等；使用“去上”的，有如《庆春宫》“路回渐转孤城”的“渐转”，《绕佛阁》“厌闻夜久签声动书幔”的“夜久”，“桂华又满”的“又满”，“闲步露草”的“露草”，“醉倚斜桥穿柳线”的“醉倚”，“看浪飐春灯”的“浪飐”，“叹故友难逢”的“故友”等。这“上去”或“去上”的连用，都是和转腔发调有关的。

至于清真创调，对三仄的安排，多是煞费苦心的。单就《绕佛阁》一调来看，如“暗尘四敛”的“去平去上”，“楼观迥出”的“平去去入”，“高映孤馆”的“平去平上”，“清漏将短”的“平去平上”，“厌闻夜久签声动书幔”的“去平去上平平去平去”，“桂华又满”的“去平去上”，“闲步露草”的“平去去上”，“偏爱幽远”的“平去平上”，“花气清婉”的“平去平上”，“望中迤逦城阴度河岸”的“去平上去平平去平去”，“倦客最萧索”的“去入去平入”，“醉倚斜桥穿柳线”的“去上平平平上去”，“还似汴堤虹梁横水面”的“平上去平平平平上去”，“看浪飐春灯”的“去去上平平”，“舟下如箭”的“平上平去”，“此行重见”的“上平平去”，“叹故友难逢”的“去去上平平”，“羁思空乱”的“平去平去”，“两眉愁、向谁舒展”的“上平平去平平上”，在每个上下相连的字调中，确实做到了“高下抑扬、参差相错”的适当处理，也就是王国维所称“拗怒之中，自饶和婉，曼声促节，繁会相宣，清浊抑扬，辘轳交往”的境地，是值得探索宋元词曲的音乐性的人们予以细心体味的。

谈到短调小令，也有不少地方是得特别注意三仄的适当的安排，尤其是去声字的处理。例如《柳梢青》[①]：

① 此词今通常认为乃仲殊之作。——编者注

岸草平沙，吴王故苑，柳袅烟斜。雨后寒轻，风前香软，春在梨花。　　行人一棹天涯，酒醒处，残阳乱鸦。门外秋千，墙头红杏，深院谁家。

——《花草粹编》卷四秦少游作

又如《醉太平》：

情高意真，眉长鬓青。小楼明月调筝，写春风数声。　　思君忆君，魂牵梦萦。翠绡香暖云屏，更那堪酒醒。

——刘过《龙洲词》

又如《太常引》：

一轮秋影转金波，飞镜又重磨。把酒问姮娥，被白发、欺人奈何！　　乘风好去，长空万里，直下看山河。斫去桂婆娑，人道是、清光更多。

——《稼轩长短句》卷十二《建康中秋夜,为吕叔潜赋》

仙机似欲织纤罗，仿佛度金梭。无奈玉纤何。却弹作、清商恨多。　　珠帘影里，如花半面，绝胜隔帘歌。世路苦风波。且痛饮、公无渡河。

——《稼轩长短句》卷十二《赋十四弦》

像上面这三调中，凡四字相连作“平平仄平”的句子，其第三字都该用去声字，才能把音调激起。例如“残阳乱鸦”的“乱”，“情高意真”的“意”，“眉长鬓青”的“鬓”，“春风数声”的“数”，“思君忆君”的“忆”，“魂牵梦萦”的“梦”，“欺人奈何”的“奈”，“清光更多”的“更”，“清商恨多”的“恨”，“公无渡河”的“渡”，都是把这个去声字当作“画龙点睛”来使用的。只刘过“更那堪酒醒”的“酒”字错用了上声，音响就差多了。

总之，四声阴阳的适当处理，是为了歌者利于转喉，听者感到悦耳，才使作者刻意经营，不惜忍受种种严格限制，而竭尽心力以赴之。至于如何审音赴节，宜在一阕写成之后，往复吟玩，是否不致棘喉，不致刺耳，同时对前人名作，平时多多含咀，对这里面的巧妙作用，是会一旦豁然贯通的。

第九讲　论比兴

谈到我国古典诗词的艺术手法，除了特别措意于音律的和谐，做到“韵协则言顺，言顺则声易入”[①]的地步，也就是要使诗歌的语言艺术必得富有音乐性之外，它的表现方式，总不出乎赋、比、兴三种，而比、兴二者尤为重要。关于比兴的意义，刘勰既著有专篇（《文心雕龙》卷八《比兴》第三十六），又在《明诗》篇中说道：“人禀七情，应物斯感，感物吟志，莫非自然。”在《辨骚》篇中说道：“虬龙以喻君子，云蜺以譬谗邪，比兴之义也。”我国古代诗人，总是把“风”、“骚”作为学习的最高标准。张惠言在他的《词选》序上，首先就提到这一点。他说：

① 见白居易《与元九书》。

词者，盖出于唐之诗人，采乐府之音以制新律，因系其词，故曰词。传曰：“意内而言外谓之词。”[①] 其缘情造端，兴于微言，以相感动，极命风谣里巷男女哀乐，以道贤人君子幽约怨悱不能自言之情，低徊要眇以喻其致，盖诗之比兴，变风之义，骚人之歌，则近之矣。

这一段话，虽然是以说“经”的标准，有意抬高“曲子词”在文学发展史中的地位，也就是前人所谓“尊体”，不免有些牵强附会的说法，但一般富有思想内容的作品，都得“同祖风骚”（借用沈约《宋书》卷六十七《谢灵运传论》中语），措意比兴，这看法还是比较正确的。

唐孔颖达在解释“诗有六义”时说：“赋、比、兴是诗之所用，风、雅、颂是诗之成形，用彼三事，成此三事，是故同称为义。”他又引汉儒郑玄的话而加以引申：“比者，比方于物，诸言如者皆比辞也。兴者，托事于物，则兴者起也，取譬引类，起发己心，诗文诸举草木鸟兽以见意者皆兴辞也。”（《毛诗·国风·周南》疏）这说明赋、比、兴都是作诗的手法，但“比显而兴隐”，所以运用的方式略有不同，要不外

① 语出许慎《说文解字》。

乎情景交融、意在言外，它的作用是要从骨子里面去体会的。

用比兴来谈词，就是要有“言在此而意在彼”的内蕴，也就是前人所谓要有“寄托”。《乐记》谈到音乐的由来，就是这样说的：“凡音之起，由人心生也。人心之动，物使之然也。感于物而动，故形于声。”人们的感情波动，是由于外境的刺激而起，这也就是比兴手法在诗歌语言艺术上占着首要地位的基本原因。刘熙载在他著的《诗概》中说：“‘昔我往矣，杨柳依依。今我来思，雨雪霏霏。’（《诗经·小雅·鹿鸣之什·采薇》）雅人深致，正在借景言情。”（《艺概》卷二）这“借景言情”的手法，正是古典诗词怎样运用语言艺术的关键所在，也就是比兴手法的基本精神。他又在《词曲概》中说：“词深于兴，则觉事异而情同，事浅而情深。故没要紧语正是极要紧语，乱道语正是极不乱道语，固知‘吹皱一池春水，干卿何事？’原是戏言。”（《艺概》卷四）触景生情，就得很巧妙地运用比兴手法，把“没要紧语”转化为“极要紧语”，而使作者内蕴的深厚情感，成为“言有尽而意无穷”的弦外之音。譬如我在第五讲中所举辛弃疾那阕《稼轩长短句·独宿博山王氏庵》①，它的上半阕“绕床饥鼠，蝙

---

① 见本书第75页。

蝠翻灯舞，屋上松风吹急雨，破纸窗间自语”。所描绘的全是外境，而一种忧国忧谗、致慨于奸邪得志、志士失职的沉痛心情，自然流露于字里行间，表面上却只是一些表现荒山茅屋夜境凄凉的“没要紧语”而已。又如第七讲中所举李璟的《摊破浣溪沙》“菡萏香销翠叶残，西风愁起绿波间”。近人王国维以为“大有众芳芜秽、美人迟暮之感”（《人间词话》卷上），也只是善于运用比兴手法，淡淡著笔，寓情于景，而读之使人黯然神伤，袅袅余音不断萦绕于灵魂深处，这境界是十分超绝的。又如辛弃疾的《摸鱼儿》，以“画檐蛛网”喻群小得志，粉饰太平，使南宋半壁江山陷于苟延残喘的颓势；以“玉环飞燕”喻一时得宠的小人，最后亦只有同归于尽，而“斜阳烟柳”，无限感伤，也只是用寻常景语烘托出来。这一切都是合于张惠言所称“诗之比兴变风之义”的。

比兴手法，总不外乎情和景，外境和内心的恰相融会，或后先激射，或神光离合，要以言近旨远、含蕴无尽为最富于感染力。即以苏、辛一派而论，运用这比兴手法以表达他那“幽约怨悱不能自言之情，低徊要眇以喻其致”的，亦几乎触目皆是。例如苏轼《卜算子·黄州定慧院寓居作》：

> 缺月挂疏桐，漏断人初静，谁见幽人独往来？缥缈孤

鸿影。　惊起却回头，有恨无人省。拣尽寒枝不肯栖，寂寞沙洲冷。

——《彊村丛书》本《东坡乐府》卷二

他所描写的，表面上只是夜静更阑、一片荒凉景象。乍吟也只感到是一些“没关紧要语”。但把整个结构联系起来，仔细体会一下它所包含的情致：为什么会全神注视着那残缺月轮斜挂在那疏疏落落的梧桐枝上？为什么会感到“寂寞沙洲”上的“缥缈孤鸿”，像是“幽人”在踯躅“往来”，“拣尽寒枝不肯栖”呢？为什么这“缥缈孤鸿”又要“惊起却回头”，好像是“有恨无人省”呢？我们只要把它反复多读几遍，就会逐步深入，体会到这首词的丰富内容是只能“低徊要眇以喻其致”，而有其不能直说的难言之痛的。苏轼是一个关心政治的文人。他在作徐州太守时，就曾为人民做了一些好事；而这时他的处境，正因“乌台诗案”[①]而被贬谪为黄州团练副使，一举一动都要受到监视，当然谈不到什么言论自由。他这时的忧谗畏讥而又不肯屈志徇俗，又感到像屈原一样的“系心君国，不忘欲返”的矛盾心理，是难以自制而又无从声诉的，也

① 详见胡仔《苕溪渔隐丛话》前集卷四十二至卷四十五。

就只能托物寓兴，借以稍抒其抑塞不平之气而已。所以张惠言说“此词与《考槃》诗（《诗经·卫风·考槃》毛传：‘刺庄公也。不能继先公之业，使贤者退而穷处。’）极相似”，是不为无因的。黄庭坚赞美这首词，说是：“语意高妙，似非吃烟火食人语，非胸中有数万卷书，笔下无一点尘俗气，孰能至此？”（《苕溪渔隐丛话》前集卷三十九）也还是有所避忌，不敢明言其内蕴的。

我们再看苏轼的《水龙吟·次韵章质夫杨花词》：

> 似花还似非花，也无人惜从教坠。抛家傍路，思量却是，无情有思。萦损柔肠，困酣娇眼，欲开还闭。梦随风万里，寻郎去处，又还被、莺呼起。　不恨此花飞尽，恨西园、落红难缀。晓来雨过，遗踪何在？一池萍碎。春色三分，二分尘土，一分流水。细看来不是，杨花点点，是离人泪。
>
> ——《东坡乐府》卷二

这词一开始就写上“似花还似非花”六字，表明他的作意，是有所托兴的。所以刘熙载说：“此句可作全词评语，盖不离不即也。”（《艺概》卷四《词曲概》）接着就致慨于号称薄命的杨花，是素来不被人们重视，而一任狂风飘荡，毫无怜悯之情的。可是这轻盈弱质，似乎也很理解人世种种悲欢，不以自身的微薄而甘心轻掷韶华、湮埋尘土，尽管人们把它抛弃路旁，而顾影自怜，仍然是留恋着大好春光，不肯轻易地飘然而去。"无情"从"也无人惜"推进，"有思"从"还似非花"逗出。是花？是人？迷离惝恍，这叫作空灵之笔，用以曲达劳人思妇乃至"贤人君子幽约怨悱不能自言之情"，是《诗》、《骚》以来的传统手法，作者很巧妙地把来用在咏物词上，所谓"不即不离"，若有意，若无意，是教人难以捉摸的。"萦损"以下三句十二字，是从柔枝嫩叶中飘出柳絮，风搅成团，从而摄取远神，好像它正在用尽全力，要把将去的春光没命地遮拦住它的去路，但一刹那间，又被风力扬开了，一阵狂飘，又好像在拼命追寻它那"意中人"的去处，情调是紧张迫使的。"莺呼"六字，借用唐人诗"打起黄莺儿，莫教枝上啼，啼时惊妾梦，不得到辽西"的语意，"巧言如簧"的黄莺儿，是不会怜惜"薄命佳人"的恳挚心情而予以方便的。作者是一个心直口快而富有政治热情的文人，经过黄州迁谪之后，感到宦途风波的险恶，而又不能忘怀于得君济世，这弦外之音，不是虚无缥缈，了无着落的。过片两句，点出薄命杨花随风飘尽，原亦不足深惜；可是随着"此花"的"飞尽"而堕地的"落红"也更没法把它重缀枝头，留住春光，坐使大好时机迅即消逝，那就难免“闲愁万种”都上心来。宵来一雨，连影儿都不存在，一化浮萍，无根可托，那就什么都谈不上了。“春色三分”全随“尘土”与“流水”以俱去。结笔“画龙点睛”（借用郑文焯评语），逗出题旨，并与发端遥相呼应。这里面有人，呼之欲出，绝非无病呻吟，是可断言的。

陈廷焯把“沉郁”二字作为填词艺术的最高境界，并予以说明：“所谓沉郁者，意在笔先，神余言外，写怨夫思妇之怀，寓孽子孤臣之感。凡交情之冷淡，身世之飘零，皆可于一草一木发之。而发之又必若隐若见，欲露不露，反复缠绵，终不许一语道破，匪独体格之高，亦见性情之厚。”（《白雨斋词话》卷一）他说了这一大段话，却不理解这“意在笔先，神余言外”的境界，都得先从深入体验生活，具有正确的思想与政治热情出发，然后运用我们民族传统的语言艺术，也就是比兴手法表达出来。不但是“交情之冷淡，身世之飘零，皆可于一草一木发之”，就是解放全人类的大同思想和一切伟大光明的政治抱负以及坚贞不拔的深厚感情，也都适用这比兴手法，才能渗入心灵深处，使人们如饮醇酒，如聆妙曲，被其熏染陶醉，潜移默化而不自知。不过在长期的不合理的封建社会制度下，类多失职不平的志士和备受压迫的劳动人民，常是托意于草木鸟兽以寄其“怨悱不能自言之情”，并非这比兴手法，只限于“沉郁”的一境而已。

北宋词人如贺铸，有一部分作品是接近苏轼而下开辛弃疾的豪迈之风的。他尝说学诗于前辈，有了八句心得，是：“平澹不流于浅俗，奇古不邻于怪僻，题诗不窘于物象，叙事不病于声律，比兴深者通物理，用事工者如己出，格见于成篇浑然不可镌，气出于言外浩然不可屈。”（《苕溪渔隐丛话》前集卷三十七引《王直方诗话》）这里面最主要的要算第五和第八两句。一个诗词作者，如果不能巧妙地掌握比兴手法而又有“浩然不可屈”之气，是不会有很大成就的。且看他用《踏莎行》改写的《芳心苦》：

杨柳回塘，鸳鸯别浦，绿萍涨断莲舟路。断无蜂蝶慕幽香，红衣脱尽芳心苦。　返照迎潮，行云带雨，依依似与骚人语：当年不肯嫁春风，无端却被秋风误。

——《彊村丛书》本《东山词》卷二

他所刻意描画的，表面是荷花，而使人感到“骚情雅意，哀怨无端，读者亦不自知何以心醉，何以泪堕”？（《白雨斋词话》卷一）又如他的《眼儿媚》：

萧萧江上荻花秋，做弄许多愁。半竿落日，两行新雁，一叶扁舟。　　惜分长怕郎先去，直待醉时休。今宵眼底，明朝心上，后日眉头。

——《彊村丛书》本《东山词补》

也只是触物起兴，淡淡著墨，寓情于景，自然使读者有黯然销魂之致。这和《诗经·秦风·蒹葭》是用的同一手法。

和贺铸用同一手法，借物喻人，以自抒其身世之感的，还有陆游的《卜算子·咏梅》：

驿外断桥边，寂寞开无主。已是黄昏独自愁，更著风和雨。　　无意苦争春，一任群芳妒。零落成泥碾作尘，只有香如故。

——《宋六十家词》本《放翁词》

上片借梅花的冷落凄凉，以发抒忠贞之士不特横遭遗弃，兼受摧残的悲愤心情；下片表明个人无意争权夺利，只有长保高洁，也就是屈原《离骚》所谓“宁溘死而流亡兮，余不忍为此态也”的意思。“比显而兴隐”，这是较易看得出来的。

至于姜夔的《小重山令·赋潭州红梅》：

人绕湘皋月坠时，斜横花树小，浸愁漪。一春幽事有谁知？东风冷，香远茜裙归。　鸥去昔游非。遥怜花可可，梦依依。九疑云杳断魂啼。相思血，都沁绿筠枝。

——《白石道人歌曲》

他所刻意描绘的是虚拟的“梅魂”，又托意湘妃，以寓个人漂泊无归的无穷悲慨。“湘皋月坠”，正是“湘灵鼓瑟”之时。一落笔便有屈子行吟、憔悴江潭之感。宵深月落，为何步绕湘皋？七字宛然苏词“谁见幽人独往来？缥缈孤鸿影”的意味；也和姜作《疏影》“想佩环、月夜归来，化作此花幽独”，用同一手法摄取“梅魂”。是人是神？迷离惝恍。承以“斜横花树小，浸愁漪”八字，暗用林逋“疏影横斜水清浅”的诗意，借以点题。接着“一春幽事有谁知”七字，宕开一笔，追摄远神。紧跟“东风冷，香远茜裙归”八字收缴上片，点出这是“红梅”。它那“冷艳欺雪”的精神，是值得骚人赞美的。过片以“鸥去昔游非”五字映出“人间万感幽单”的悲凉情绪。“遥怜花可可，梦依依”，又从“梅魂”眼里细认真身，相怜倩影。“可可”，百无聊赖之意，和柳永《定风波》“芳心是事可可”，并用宋代方言。“九疑云杳断魂啼”，点出主题思想。这个曳着茜裙月夜归来的林下美人，该不是别的什么，而是流落湘滨的虞舜二妃。舜南巡，崩于苍梧之野，葬于九疑之山。哀此贞魂，怅对“九疑云杳”，“如怨如慕，如泣如诉”，“天涯沦落”，是异代同悲的。结以“相思血，都沁绿筠枝”，又用《博物志》“舜崩，二妃啼，以涕挥竹，竹尽斑”的民间传说故事以相衬托，缴足题旨。这种比兴手法较为隐晦，意味却是深长的。

我们再来探索一下姜夔那两阕号称“千古词人咏梅绝调”（郑文焯手批《白石道人歌曲》）的《暗香》、《疏影》，看看他是怎样运用比兴手法的。

旧时月色，算几番照我，梅边吹笛。唤起玉人，不管清寒与攀摘。何逊而今渐老，都忘却、春风词笔。但怪得、竹外疏花，香冷入瑶席。　江国，正寂寂。叹寄与路遥，夜雪初积。翠尊易泣，红萼无言耿相忆。长记曾携手处，千树压、西湖寒碧。又片片、吹尽也，几时见得？

——《白石道人歌曲·暗香》

苔枝缀玉，有翠禽小小，枝上同宿。客里相逢，篱角黄昏，无言自倚修竹。昭君不惯胡沙远，但暗忆、江南江北。想佩环、月夜归来，化作此花幽独。　犹记深宫旧事，那人正睡里，飞近蛾绿。莫似春风，不管盈盈，早与安排金屋。还教一片随波去，又却怨、玉龙哀曲。等恁时、重觅幽香，已入小窗横幅。

——《白石道人歌曲·疏影》

我们要了解这两首词的比兴所在，必得约略了解他所处的时代和他所常往还的朋友是些什么人物。他在他所写的“自叙”里提到：“参政范公（成大）以为翰墨人品皆似晋、宋之雅士。待制杨公（万里）以为于文无所不工，甚似陆天随（龟蒙）。于是为忘年交。”又说：“稼轩辛公（弃疾）深服其长短句。”赏识他的才艺的名流是很多的。他慨叹着说：“嗟乎！四海之内，知己者不为少矣，而未有能振之于窭困无聊之地者。”（周密《齐东野语》卷十二引）他郁郁不得志，连个人的生活都得依靠亲友们的帮助。“士为知己者死”，是我国长期封建社会制度下知识分子的常情。据夏承焘考订，这两首词作于公元1191年（光宗绍熙二年辛亥）由合肥南归，寄住苏州范成大的石湖别业时。距离他写《扬州慢》（孝宗淳熙三年丙申，公元1176年），虽已有了十五年之久，而他在《扬州慢》和《凄凉犯》词中所描绘的金兵进犯后江北一带的荒凉景象，该是不会轻易忘怀的。在他的朋友中，如上面所举范成大、杨万里、辛弃疾等，又都是具有爱国思想的人，他虽落拓江湖，又怎能不“系心君国”，慨然有用世之志？他写《暗香》、《疏影》时，据夏承焘说，年龄还只三十七岁，正是才人志士还可以发愤有为的时候。由于这些情况，他对范成大是该存有汲引上进的幻想的。张惠言说：“时石湖（范成大）盖有隐遁之志，故作此二词以沮之。”又说：“首章言己尝有用世之志，今老无能，但望之石湖也。”他又在《疏影》下注云：“此章更以二帝之愤发之，故有昭君之句。”（并见《词选》）夏承焘说：“石湖此时六十六岁，已宦成身退，白石实少于石湖二十余岁，张说误。”（夏著《姜白石词编年笺校》卷三）而邓廷桢著《双砚斋词话》评说此词“乃为北庭后宫言之”。

我们试把张惠言、邓廷桢、郑文焯、夏承焘诸人的说法参互比较一下。我觉得《暗香》“言己尝有用世之志”，这一点是对的。但“望之石湖”，却不是为了自己的“今老无能”，而是希望范能爱惜人才，设法加以引荐。所以他一开始就致感于过去范氏对他的一些照护。“何逊”二句，不是真个说的自己老了，而是致慨于久经沦落，生怕才华衰退，不能再有作为，是自谦也是自伤的话头。“竹外疏花”，仍得将“冷香”袭入“瑶席”，是说自己的憔悴形骸，还有接近有力援引者的机会，又不免激起联翩浮想，寄希望于石湖。过片再致慨于士气消沉，人才寥落，造成南宋半壁江山的颓势。“寄与”二句是借用陆凯寄范晔“江南无所有，聊赠一枝春”的诗意，个人想要一抒忠悃，犯寒生“春”，争奈雨雪载途，微情难达。“翠尊”二句亦感于石湖业经退隐，未必更有汲引的可能，亦惟有相对无言，黯然留作永念而已。“长记”二语，可能在范得居权要时有过邀集群贤暗图大举的私议。“西湖”是南宋首都所在，这一句是有些“漏泄春光”的。曾几何时？“又片片、吹尽也”！后缘难再，亦只有饮泣吞声而已！

至于《疏影》一阕，为“伤心二帝蒙尘，诸后妃相从北辕，沦落胡地”（郑文焯语）而发，我认为是无可怀疑的。发端“苔枝缀玉”点出古梅（绍兴、吴兴一带的古梅，有苔须垂于枝间，见范成大《梅谱》），以暗示这类梅花不是寻常品种。承以“翠禽”二句，暗用东坡《西江月·梅花》词“玉骨那愁瘴雾，冰姿自有仙风。海仙时遣探芳丛，倒挂绿毛幺凤”[1]的语意，反映妃嫔流落，还有谁像枝上珍禽，可以“遣探芳丛”的呢？“客里”以下十四字，把林逋咏梅名句“疏影横斜水清浅，暗香浮动月黄昏”和“雪后园林才半树，水边篱落忽横枝”，予以重新组织，再参杜甫“天寒翠袖薄，日暮倚修竹”诗意，衬出贞姿摧抑、憔悴自伤的无穷悲慨。“昭君”二句标明题旨，把格局宕开，紧接“佩环”二句，点出词人发咏，不仅仅是为了“玉骨”、“冰姿”的“风流高格调”而致以惋惜而已。过片运用宋武帝女寿阳公主梅花妆额故事[2]以托兴“金枝玉叶”的同被摧残，旧时的蛾眉曼睩，娇态艳妆，都是不堪回首的了。“莫似春风”三句，又复致慨于“前车之覆”，悲剧岂容重演？“早与安排金屋”是“未雨绸缪”的意思。如果“还教一片随波去”，“又却怨”那吹落梅花的“玉龙哀曲”，悔之不迭，可是还有什么用处呢？行文到此，逼出“等恁时（那时）、重觅幽香，已入小窗横幅”的结局，那就一切都化为尘影，徒供后人的凭吊而已。惩前事以资警惕，也只有范成大能理解姜夔的心事。石湖也老了，凛宗国的颠危，悯才人的落拓，拿什么来安慰这

---

① 毛晋刻《东坡词》注云：“惠州梅花上珍禽曰倒挂子，似绿毛凤而小。”
② 详见《太平御览》时序部十五《人日》引《杂五行书》。

才品兼优的壮年雅士呢？赠以青衣小红（见《砚北杂志》卷下），亦聊以纾汝抑塞磊落的无聊之思。倘如辛弃疾所谓“倩何人唤取，红巾翠袖，揾英雄泪”[1]者，石湖固深喻白石的微旨欤？姜夔运用这种哀怨无端的比兴手法，乍看虽似过于隐晦，而细加探索，自有它的脉络可寻。如果单拿浮光掠影的眼光来否定前贤的名作，是难免要“厚诬古人”的。

和辛弃疾同时而自诩他的词为“平生经济之怀，略已陈矣”见[2]的陈亮，有的作品也是运用比兴手法来写的。例如《水龙吟·春恨》：

闹花深处层楼，画帘半卷东风软。春归翠陌，平莎茸嫩，垂杨金浅。迟日催花，淡云阁雨，轻寒轻暖。恨芳菲世界，游人未赏，都付与，莺和燕。　寂寞凭高念远，向南楼、一声归雁。金钗斗草，青丝勒马，风流云散。罗绶分香，翠绡封泪，几多幽怨？正销魂又是，疏烟淡月，子规声断。

——夏承焘《龙川词校笺》下卷

① 《水龙吟·登建康赏心亭》。

② 叶适《水心文集》卷二十九《书龙川集后》。

这表面所描画的，也只是一些惜别伤春的“没要紧语”，而刘熙载却拈出“恨芳菲世界”以下十五字，以为“言近旨远，直有宗留守（泽）大呼渡河之意”。（《艺概》卷四《词曲概》）这是要从他所运用的比兴手法上去仔细体会的。

关于辛弃疾的作品，我们在上面也说得不少了。这里再举一首《汉宫春·立春日》：

> 春已归来，看美人头上，袅袅春幡。无端风雨，未肯收尽余寒。年时燕子，料今宵、梦到西园。浑未办、黄柑荐酒，更传青韭堆盘。　　却笑东风从此，便薰梅染柳，更没些闲。闲时又来镜里，转变朱颜。清愁不断，问何人、会解连环？生怕见、花开花落，朝来塞雁先还。
>
> ——《稼轩长短句》卷六

周济指出：“‘春幡’九字，情景已极不堪。燕子犹记年时好梦，‘黄柑’、‘青韭’，极写燕安鸩毒。换头又提动党祸，结用‘雁’与‘燕’激射，却捎带五国城旧恨。辛词之怨，未有甚于此者。”（《宋四家词选》）其实也只是善于运用比兴手法，不觉感时抚事，激成泠泠弦外之音，使读者摸去有棱，一切遂皆不同泛设。把周济的话说得更明白些，一开首就是指斥那批奸佞之徒，听到和议告成，就个个自鸣得意，打扮得妖妖俏俏的，一味迷惑观听，可惜的是，敌人是贪得无厌的，得寸进尺，还会使你不能安枕。“年时燕子”二句，包括徽、钦二帝和一切沦陷区的老百姓在内，也是陆游诗所谓“遗民泪尽胡尘里，南望王师又一年”的意思。“黄柑”二句借用民间立春的事，暗指南渡君臣荒于酒食，不肯想到“余寒”的可怕。过片“却笑东风从此”三句，极写那批小人怎样忙着粉饰太平，荧惑上听。“闲时”以下十字，写他们没得正经事可干时，又只用尽心机来陷害忠良，催逼得仁人志士们“白发横生，惟忧用老”。“清愁”二句，可和《祝英台近》的“是他春带愁来，春归何处，却不解带将愁去”参互体察。结笔“塞雁先还”，正和开端“袅袅春幡”遥相激射。丧心病狂之辈，对敌国外患熟视无睹，彼且为之奈何哉！我常说，“忧国”、“忧谗”四字贯穿于整个《稼轩长短句》的代表作中，应该从这些善于运用比兴手法上去体会。

至于宋季诸家，如周密、王沂孙、张炎等许多咏物词，更是托意幽隐，不同无病呻吟之作。只是用典过多，不易领会，兼属亡国哀思之音，读之使人凄黯，这里就不更琐述了。

总之，比兴手法是我国诗歌传统艺术的最高标准。善于掌握它，是可以发挥最大的感染力，而使读者潜移默化的。

第十讲　论欣赏和创作

欣赏和创作有着不可分割的关系。我们对任何艺术，想要得到较深的体会和理解，从而学习作者的表现手法，进一步做到推陈出新，首先必得钻了进去，逐一了解它的所有窍门，才能发现问题，取得经验，彻底明白它的利病所在。熟则生巧，自然从追琢中来。前人所谓先贵能入，后贵能出，一切继承和创作的关系都是如此。词为倚声之学，要掌握它的特殊规律，创作适宜于配合曲调的歌词，更非得深入钻研，并予以实践，是很难谈到真正的欣赏，也就不能对创作上有多大的帮助。

“奇文共欣赏，疑义相与析。”[①] 这是晋代杰出诗人陶潜告诉我们的经验之谈。我们要想欣赏“奇文”，就得首先发现

① 《陶渊明集》卷二《移居》。

问题，分析问题，才能彻底理解它的“奇”在哪里，从而取得赏心悦目“欣然忘食”的精神享受。孟轲曾以“以意逆志”说诗，他所说的“志”也就是现在一般所说的思想感情。正确的思想和真挚的感情是要靠巧妙的语言艺术表现出来的。把读者的思想感情去推测作者的思想感情，从而得到感染，取得精神上的享受，是要通过语言艺术的媒介才能做到的。我们在前面已经谈过，词是最富于音乐性的文学形式，而这种特殊形式之美，得就“色”、“香”、“味”三方面去领会。正如刘熙载所说：

> 词之为物，色、香、味宜无所不具。以色论之，有借色、有真色。借色每为俗情所艳，不知必先将借色洗尽而后真色见也。
>
> ——《艺概》卷四《词曲概》

王国维也有所谓“生香真色”的说法（见《人间词话》卷下）。刘氏又称：

> 司空表圣（图）云：“梅止于酸，盐止于咸，而美在酸咸之外。”严沧浪云：“妙处透彻玲珑，不可凑泊，如水

中之月，镜中之像。”此皆论诗也，词亦以得此境为超诣。

——《艺概》卷四《词曲概》

像这类“水中之月，镜中之像”和“美在酸咸之外”的词境，以及所谓“色”、“香”、“味”等等，是不可捉摸的东西，我们要理解它，又非经过视觉、嗅觉、触觉等等的亲身体验，是很难把它说得明白的。

由于词的语言艺术最主要的一点是和音乐结着不解之缘，所以要想去欣赏它，首先得在“声”和“色”两方面去体味。“声”表现在“高下抑扬、参差相错”的基本法则上面，“色”表现在用字的准确上面。我们要初步理解和掌握这两方面的手法，就得先从读词做起。近人蒋兆兰说：

作词当以读词为权舆（始也）。声音之道，本乎天籁，协乎人心。词本名乐府，可被管弦。今虽音律失传，而善读者辄能锵洋和均，抑扬高下，极声调之美。其浏亮谐顺之调固然，即拗涩难读者亦无不然。及至声调熟极，操管自为，即声响随文字流出，自然合拍。

——《词说》

学填词必先善于读词。一调有一调的不同节奏，而这抑扬高下、错综变化的不同节奏，又必须和作者所抒写的思想感情的起伏变化恰相适应，才能取得内容和形式的密切结合，达到语言艺术的高峰。这一切，我在前面都已大致分析过了。关于四声平仄和韵位的安排，怎样通过发音部位而取得和谐悦耳，也非反复吟咏，细审于喉吻间，是很难做到声入心通，感受到作品的强烈感染力的。

谈到用字的准确，也得从两方面来看。一方面是“炼声”，也就是张炎所说，“要字字敲打得响，歌诵妥溜。”一方面是“侔色”，也就是陆辅之所说的“词眼”（见《词旨》）。这和《诗人玉屑》所称：“古人炼字，只于眼上炼，盖五字诗以第三字为眼，七字诗以第五字为眼”，有所不同。刘熙载说得好：

> 眼乃神光所聚，故有通体之眼，有数句之眼，前前后后，无不待眼光照映。若舍章法而专求字句，纵争奇竞巧，岂能开阖变化，一动万随耶？
>
> ——《艺概》卷四《词曲概》

不论是通体的“眼”也好，数句的“眼”也好，这“眼”的所在，必得注意这一个字或一个句子的色彩，须特别显得光辉灿烂，四照玲珑，有如王国维所说：“‘红杏枝头春意闹’（宋祁《玉楼春》），著一‘闹’字而境界全出；‘云破月来花弄影’（张先《天仙子》），著一‘弄’字而境界全出。”（《人间词话》卷上）这一个“闹”字和一个“弄”字，能使一句生“色”，也使通体生“色”。又如柳永《雨霖铃》“今宵酒醒何处？杨柳岸、晓风残月”，也可算是通体的“眼”，著此一句，而千种风情，万般惆怅，都隐现于字里行间，玲珑透彻，言有尽而意无穷。但这种境界，非得反复吟咏，心领神会，把每一个字分开来看，再把整体的结构综合起来看，着实用一番含咀工夫，是不容易理解的。

近代词家况周颐也曾以他数十年积累的经验告诉我们，使我们对这一方面有了下手功夫。他说：

> 读词之法，取前人名句意境绝佳者，将此意境缔构于吾想望中，然后澄思渺虑，以吾身入乎其中而涵泳玩索之，吾性灵与相浃而俱化，乃真实为吾所有而外物不能夺。
>
> ——《蕙风词话》卷一

像他这样的读法，确实有利于欣赏，同时也有利于创作。因为这样才能够把读者和作者的思想感情融成一片，通过语言文字的艺术手法，使作者当时所感受到的真实情景，一一重现于读者的心目中，使读者受到强烈的感染，更从而彻底了解各式各样的表现艺术，作为自己随物赋形、缘情发藻的有力手段。这在严羽叫作“妙悟”，而“妙悟”却由“熟读”中来。严羽教人学诗，又有所谓“三节”的说法：

> 其初不识好恶，连篇累牍，肆笔而成；既识羞愧，始生畏缩，成之极难；及其透彻，则七纵八横，信手拈来，头头是道矣。
>
> ——《沧浪诗话·诗法》

我们每一个有成就的卓越诗人或艺术家，都得经过这三个阶段。其实这也就是思想性和艺术性的结合问题，继承和创作的关系问题，在我们上一辈的文学理论家却只把它叫作“能入”和“能出”。南宋诗人杨万里就曾把他写诗的亲身体验告诉我们。他在《荆溪集·自序》中说：

> 予之诗，始学江西诸君子，既又学后山五字律，既又

学半山老人七字绝句，晚乃学绝句于唐人，学之愈力，作之愈寡。

这是说明他由第一阶段跨入第二阶段，经过不少艰苦的历程。对前人的表现艺术有了深切的理解，从而感到这里面的甘苦，要把自己的思想感情表达得恰如其分，不是那么容易。接着他又说：

其夏，之官荆溪，既抵官下，阅讼牒，理邦赋，惟朱墨之为亲。诗意时往日来于予怀，欲作未暇也。戊戌三朝时节，赐告，少公事，是日即作诗，忽若有悟，于是辞谢唐人及王、陈、江西诸君子，皆不敢学，而后欣如也。试令儿辈操笔，予口占数首，则浏浏焉，无复前日之轧轧矣。自此，每过午，吏散庭空，即携一便面，步后园，登古城，采撷杞菊，攀翻花竹，万象毕来，献予诗材，盖麾之不去，前者未膺而后者已迫，涣然未觉作诗之难也，盖诗人之病，去体将有日矣。方是时，不惟未觉作诗之难，亦未觉作州之难也。

这说明他的最后阶段，也就是严羽所说的“透彻”阶段。这在诗家叫作“妙悟”，词家叫作“浑化”，也就是陆游所说的“文章本天成，妙手偶得之”。再明白地说，也只是深入了解过前人积累的经验，融会贯通了各种语言艺术，“物来斯应”，从而解决了思想性与艺术性的结合问题；只是把作者所要说的话，如实地巧妙地表达得恰如其分而已。

王国维推演其说，把来谈词，也有所谓三种境界的说法。他说：

> 古今之成大事业、大学问者，必经过三种之境界。“昨夜西风凋碧树，独上高楼，望尽天涯路。”（晏殊《蝶恋花》）此第一境也。“衣带渐宽终不悔，为伊消得人憔悴。”（柳永《凤栖梧》）此第二境也。“众里寻他千百度，蓦然回首，那人却在、灯火阑珊处。”（辛弃疾《青玉案·元夕》）此第三境也。
>
> ——《人间词话》卷上

这第一境是说明未入之前，无从捕捉，颇使人有“上穷碧落下黄泉，两处茫茫皆不见”[1]之感。第二境是说明既入之后，从

① 白居易《长恨歌》。

艰苦探索中得到乐趣来。第三境是说明入而能出，豁然开朗，恰似“踏破铁鞋无觅处，得来全不费工夫”。我们对于前人名作的欣赏，以及个人创作的构思，也都必须经过这三种境界，才能做到“真实为吾所有而外物不能夺”。

关于能入和能出的问题，周济在他所写的《宋四家词选·序论》中也曾谈到。他说：

> 夫词，非寄托不入，专寄托不出。一物一事，引而伸之，触类多通。驱心若游丝之罥飞英，含毫如郢斤之斫蝇翼，以无厚入有间，既习已，意感偶生，假类毕达，阅载千百，謦欬弗违，斯入矣。赋情独深，逐境必寤，酝酿日久，冥发妄中，虽铺叙平淡，摹缋浅近，而万感横集，五中无主。读其篇者，临渊窥鱼，意为鲂鲤；中宵惊电，罔识东西；赤子随母笑啼，乡人缘剧喜怒，抑可谓能出矣。

这能入和能出的两种境界，也是结合欣赏和创作来谈的。什么叫作“寄托”呢？也就是所谓“意内而言外”，“言在此而意在彼”。怎样去体会前人作品哪些是有“寄托”的呢？这就又得把作者当时所处的时代环境和个人的特殊性格，与作品内容和表现方式紧密联系起来，予以反复钻研，而后所谓“弦外之音”，才能够使读者沁入心脾，动摇情志，达到“赤子随母笑啼，乡人缘剧喜怒”那般深厚强烈的感染力。例如李煜的后期作品，由于他所过的是“此间日夕惟以眼泪洗面”的囚虏生活，一种复仇雪耻的反抗情绪磅礴郁勃于胸臆间，而又处于不但不敢言而且不敢怒的环境压迫之下，却无心流露出“林花谢了春红，太匆匆，无奈朝来寒雨晚来风”。（《相见欢》）这一类的无穷哀怨之音，那骨子里难道单是表达着林花受了风雨摧残而匆匆凋谢的身外闲愁而已吗？又如爱国词人辛弃疾的作品中，几乎全部贯穿着“忧国”、“忧谗”的两种思想感情，有如《摸鱼儿》的“斜阳烟柳”，《祝英台近》的“层楼风雨”，《汉宫春》的“薰梅染柳”，《瑞鹤仙》的“开遍南枝”等，都得将他的整个身世和作品本身紧密联系起来看，把全副精神投入其中，乃能默契于心，会句意于两得。所谓“知人论世”，也是欣赏前人作品的主要条件。

所谓词的“生香真色”，又从什么地方去体会呢？我以为要理解这种境界，得向作品的意格和韵度上去求，要向整个结构的开阖呼应上去求。至于“真色”和“借色”之分，最显著的一点，就是要像唐人咏虢国夫人诗所谓“却嫌脂粉污颜色，淡扫蛾眉朝至尊”，要像李太白诗所谓“清水出芙蓉，天然去雕饰”。这种“生香真色”，我以为最好的例子要算李清照的《漱玉词》。譬如那阕最被人们传诵的《醉花阴》的结尾：

> 莫道不消魂，帘卷西风，人比黄花瘦。

又如贺铸《青玉案》的结尾：

> 试问闲愁都几许？一川烟草，满城风絮，梅子黄时雨。

虽然上述两首词的结尾都是前一句呼起，接着融情于景，借相映带，而此中有人，唤之欲出。但两相比较，李词一种娇柔婀娜、惆怅自怜的天然标格，足使读者荡气回肠，而视贺作却更有深一层的韵味。初不假任何装饰，只是轻描淡写，而婉转缠绵，揭之无尽。这是清照的前期作品，该和她所写《金石录后序》的下面一段对读：

> 余性偶强记，每饭罢，坐归来堂，烹茶，指堆积书史，言某事在某书某卷第几页第几行，以中否角胜负，为饮茶先后。中即举杯大笑，至茶倾覆怀中，反不得饮而起。

读后就可想见作者的风流韵度和他俩的伉俪深情，以帮助我们对这些名句的欣赏。再看她在夫亡之后，遭乱流离，饱尝人生辛酸时所写的《声声慢》：

寻寻觅觅，冷冷清清，凄凄惨惨戚戚。乍暖还寒时候，最难将息。三杯两盏淡酒，怎敌他、晚来风急？雁过也，正伤心，却是旧时相识。　　满地黄花堆积，憔悴损，如今有谁堪摘？守着窗儿，独自怎生得黑？梧桐更兼细雨，到黄昏、点点滴滴。这次第，怎一个愁字了得？

这里面不曾使用一个故典，不曾抹上一点粉泽，只是一个历尽风霜、感怀今昔的女词人，把从早到晚所感受到的“忽忽如有所失”的怅惘情怀如实地描绘出来。看来都只寻常言语，却使后人惊其“遒逸之气，如生龙活虎”①，能“创意出奇”②，达到语言艺术的最高峰。这和李煜的后期作品确有异曲同工之妙，也只是由于情真语真，结合得恰如其分而已。

所谓“借色”，最常见的是用替代字，例如周邦彦《解

① 万树《词律》卷十。
② 罗大经《鹤林玉露》卷十二。

语花》的“桂华流瓦”、吴文英《宴清都》的“蓌蟾冷落羞度”，用“桂华”和“蓌蟾”来代“月”，本意也只是为了声响和色彩的调匀，却使读者产生“隔雾看花”的感觉，反而要“损其真美”。但周、吴一系词人多爱玩弄这一手法。我们要理解他们的作品，也非得注意这一手法不可。沈义父曾经指出：

> 炼句下语，最是紧要。如说桃，不可直说破桃，须用“红雨”、“刘郎”等字。如咏柳，不可直说破柳，须用“章台”、“灞岸”等字。又用事如曰“银钩空满”，便是“书”字了，不必更说“书”字。“玉筯双垂”，便是“泪”了，不必更说“泪”。如“绿云缭绕”，隐然髻发；“困便湘竹”，分明是簟。（所引例句皆见《清真集》）正不必分晓，如教初学小儿，说破这是甚物事，方见妙处。
>
> ——《乐府指迷》

原来使用种种譬喻，来形容某些事物的美，而使它更加形象化，也是在语言艺术上一种由来已久的手法。例如《诗经》上形容女人髻发的，就有“鬒发如云”（《鄘风·君子偕老》）、“首如飞蓬”（《卫风·伯兮》）。汉赋里形容女人眼睛的，就有“目流睇而横波”（傅毅《舞赋》）。后来进一步把“绿云”代发髻、“秋波”代眼神，有如《西厢记》的名句“怎当他临去秋波那一转”，也并不感到“秋波”这两个代字的讨厌。但专门在这上面玩花样，不堕于纤巧，即落于陈套。像这样来“指迷”，只有使作者和读者更陷于迷惘中，确是要不得的。

词的另一种手法，就是要有开阖跌荡。有些“暗转、暗接、暗提、暗顿”的地方，必须“有大气真力斡运其间”（《蕙风词话》卷一）。例如苏轼《永遇乐·彭城夜宿燕子楼，梦盼盼，因作此词》：

> 明月如霜，好风如水，清景无限。曲港跳鱼，圆荷泻露，寂寞无人见。紞如三鼓，铿然一叶，黯黯梦云惊断。夜茫茫、重寻无处，觉来小园行遍。　天涯倦客，山中归路，望断故园心眼。燕子楼空，佳人何在？空锁楼中燕。古今如梦，何曾梦觉？但有旧欢新怨。异时对、黄楼夜景，为余浩叹。

直是盘空硬语，一片神行，而层层推进，笔笔逆挽，真称得上是“有大气真力斡运其间”，却又泯却转、接、提、顿的痕迹。又如他和刘仲达相逢泗上，同游南山话旧的《满庭芳》：

三十三年，漂流江海，万里烟浪云帆。故人惊怪，憔悴老青衫。我自疏狂异趣，君何事、奔走尘凡？流年尽，穷途坐守，船尾冻相衔。　巉巉，淮浦外，层楼翠壁，古寺空岩。步携手林间，笑挽攕攕。莫上孤峰尽处，萦望眼、云水相搀。家何在？因君问我，归梦绕松杉。

这也极尽开阖跌荡的能事，而那浩然胸次，洒脱襟怀，直如与我辈相接于苍茫云水间，不假刷色而自然高妙。刘熙载只欣赏他另一阕《满庭芳》中的“老去君恩未报，空回首、弹铗悲歌”。以为“语诚慷慨，究不若《水调歌头》‘我欲乘风归去，又恐琼楼玉宇，高处不胜寒’，尤觉空灵蕴藉”。而认为这些都是“词以不犯本位为高”[①]的极则，却不曾点出苏词都因有作者的“逸怀浩气”运转其间，恰如严羽所说：“七纵八横，信手拈来，头头是道。”要之，他所运用的手法，也只是开阖跌荡，恰能随物赋形而已。

① 所引各句，均见《艺概》卷四《词曲概》。

在开阖跌荡中，又要“仰承”、“俯注”，见出“针缕之密”。例如陈与义《临江仙》：

忆昔午桥桥上饮，坐中多是豪英。长沟流月去无声。杏花疏影里，吹笛到天明。　　二十余年如一梦，此身虽在堪惊。闲登小阁看新晴。古今多少事，渔唱起三更。

刘熙载曾拈出“杏花疏影里，吹笛到天明”两句的好处，就是因为它仰承“忆昔”，俯注“一梦”，所以“不觉豪酣，转成怅悒”。我们仔细体味这整篇所描摹的意境，上阕中间七字句于“豪酣”中已隐伏“怅悒”的根子，下阕七字句却又从“堪惊”二字宕开，仿佛“忧中有乐”。这样后先映带，构成一幅完美无缺的图景，就更值得反复吟玩。又如李煜《浪淘沙》的下阕：

金剑已沉埋，壮气蒿莱。晚凉天净月华开。想到玉楼瑶殿影，空照秦淮。

这前面两句，是何等的衰飒悲凉。接着却把格局宕开，显出一种豁然开朗、光辉无际的高华气象。却又骤然跌入极度沉痛的深渊中，转高华为凄咽，于酸楚中见情恨。后来范仲淹的《御街行》，也是用的类似手法：

> 真珠帘卷玉楼空，天淡银河垂地。年年今夜，月华如练，长是人千里。

这种手法的特点是：前面尽力拓开，后面陡折收合，把绝壮丽语转化为绝悲凉的意境。我们理解了这些手法，进而予以灵活运用，那么，无论是对古代名篇的欣赏，还是对自己的创作，都会得到启发而渐入佳境的。

总之，欣赏和创作都得从反复吟诵入手。掌握声律的妙用和一切语言艺术，用来抒写高尚瑰伟的思想抱负，作出耐人寻味、移人情感的新词，我想，这是每个文艺工作者所日夕向往，同时也是广大人民所迫切要求的。

附录一　四声的辨别和练习

四声，就是汉语中四种不同的声调。我们要学习古典诗词，了解南北曲的唱法，首先就是辨别平仄四声。四声里面平声最长，其余上、去、入三声逐渐短促，所以又把它们统称作仄。在近体律、绝诗和词、曲的声韵安排上，普遍都得讲究平仄；有些重要地方，还要分别四声阴阳。黄九烟教人制曲填词，就有“三仄应须分上去，两平还要辨阴阳”的说法。

自周德清《中原音韵》并入声于平、上、去三声中，于是北系的四声就变为阴平、阳平和上、去。阴平为第一声，例如“中苏”、“光辉”等字，发音后稍稍抬起，最后稍稍下降，首尾差别不大。阳平为第二声，例如“和平”、“人民”等字，起头比阴平低，渐渐上升，升到高度，终点比阴平的起点还高些。上声为第三声，例如“永久”、“友好”等字，起头比阳平的起点还低些，然后升高，终点近于阴平起点，升起来的一段时间很短。去声为第四声，例如“胜利”、“万岁”等字，起点像阳平的终点，然后猛烈下降至最低度。其式如下：

阴平— 阳平/ 上声V 去声\

这一平、二升、三曲、四降，不容易相混，是现代北京语音在声调上的极大特点。

至于过去大家所习用的平、上、去、入四声，究竟怎样分辨，也有各种不同的说法：

1.唐释处忠《元和韵谱》：“平声者哀而安，上声者厉而举，去声者清而远，入声者直而促。”

2.明释真空《玉钥匙歌诀》：“平声平道莫低昂，上声高呼猛烈强，去声分明哀远道，入声短促急收藏。”

3.清顾炎武《音论》：“平音最长，上、去次之，入则诎然而止，元余音矣。”又云：“其重其疾则为入、为去、为止，其轻其迟则为平。”

4.清江永《音学辨微》：“平声音长，仄声音短；平声音空，仄声音实；平声如击钟、鼓，仄声如击土、木、石。”

总之，这四种读法，由最初的舒长，渐高、渐短、渐重，以至下坠而绝；平声最轻且长，去声最重，入声最促而短；一切顺着语势的自然，分成四个不同阶段。怎样把这些不同轻重缓急的声调组织成为一个词句？首先得把它们的性质分辨清楚，再加以适当的调剂，才能够有利于喉吻而谐协动听。明人王骥德说：

> 曲有宜于平者，而平有阴、阳；有宜于仄者，而仄有上、去、入。乖其法，则曰拗嗓。盖平声声尚含蓄，上声促而未舒，去声往而不返，入声则逼侧而调不得自转矣。
>
> ——《方诸馆曲律》卷二《论平仄》第五

这又说明四声的不同功用，为歌唱家所不宜轻视者。

四声的不同唱法，这里暂且不谈。首要任务，还得先熟练四声。兹特摘取清梁僧宝著《切韵求蒙》所列“十六摄二百六韵四声一贯考”中若干四声字，依其发音部位分列如下，以便练习。

一、牙音

公拱贡谷　空孔控哭　江讲绛觉　康慷抗恪

庚梗更格　京景敬戟　金锦禁急　严俨酽业

斤谨靳讫　元阮愿月　官管贯括　基纪记棘

溪启契契　珂可坷恪　俄我饿咢　戈果过郭
加贾驾假　牙雅讶额　居举据脚　孤古故各
钩苟遘谷　鸠九救菊　骄矫轿跻　交绞教觉

二、舌头音

东董冻笃　通侗痛秃　唐荡宕铎　停艇听笛
登等邓德　甜簟磹牒　豚盾钝突　南腩妠纳
丹亶旦怛　滩坦炭达　端短断掇　团断段夺
梯体替铁　台怠代特　驼柁驮铎　那娜奈诺
徒杜渡度　奴弩怒诺　兜斗斗啄　条窕铫涤

三、舌上音

重重重躅　张长帐芍　呈逞郑掷　沉朕鸩蛰
陈朕阵秩　鳣展辗哲　痴耻眙敕　除伫箸着
辀肘昼竹　潮肇召着　饶挠闹搦

四、重唇音

蓬唪樣仆　宠蚌□雹　帮榜谤博　茫莽漭莫

盲猛孟陌　兵丙柄碧　砭贬窆鶡　门懑闷没

盘伴叛跋　眠眄面蔑　脾婢避辟　眉美媚密

迷米谜蔑　枚每妹没　坡叵破□　磨么磨□

巴把霸伯　麻马祃陌　铺普铺粕　模姥暮莫

呣某茂木　包饱豹爆

五、轻唇音

逢奉俸幞　方昉放缚　凡范梵乏　分粉粪佛

文吻问物　藩返贩发　烦饭饭伐　霏斐费弗

微尾未物　符辅附幞　浮妇复复

六、齿头音

松耸颂续　桑颡丧索　将奖酱爵　襄想相削

精井进积　情请净籍　侵寝沁缉　潜渐潜捷

荀笋浚恤　村忖寸猝　珊散散萨　先铣霰屑

雌此刺刺　西洗细屑　哉宰再则　嗟左佐作

此写卸舄　斜灺谢席　胥湑絮削　租祖作作

陬走奏镞　宵小笑削　萧筱啸锡

七、正齿音

钟肿种烛　章掌障酌　昌敞唱绰　征整政摭

蒸拯证职　斟枕枕执　占飐占慑　真轸震质

唇盾顺术　删潸讪杀　支纸寘摭　脂旨至质

之止志织　诗始试识　遮者蔗炙　奢舍赦螫

书暑恕烁　诸渚翥蹠　周帚咒祝　收手兽叔

烧少少烁　招沼照炤

八、喉音

洪澒哄斛　翁蓊瓮屋　容勇用欲　降项巷学

央鞅怏约　阳养漾药　英影映益　音钦荫邑

酣澉憨盖　盐琰艳叶　寅引胤逸　温稳揾湣

蔫偃堰谒　园远远越　寒旱翰曷　桓缓换活

移迤易易　狸里吏力　鞋蟹邂覈　谐骇械黠

河荷贺鹤　阿婀佫恶　禾祸和获　逾庾裕欲

胡户护涸　侯厚候斛　由酉柚育　豪皓号鹄

九、半舌半齿音

笼咙弄禄　穰壤让若　郎朗浪落　良两亮略

灵笭另历　仍耳认日　任稔任入　蓝览滥腊

仁忍刃日　邻嶙吝栗　兰懒烂辣　銮卵乱埒

黎礼隶捩　雷磊耒硉　罗椤逻落　闾吕虑略

如汝洳若　儒乳孺辱　卢鲁路络　娄搂漏禄

柔蹂糅肉　饶扰绕若　劳老劳泺

学者能把上面这些字音随口熟读，细审发音部位，兼及长短轻重所以不同，这样成了习惯，以后任拈一字，立刻就会感到它是属于哪一声。虽然方音有些差别，尤其上、去易混，但大体不会错的。

如果应用京音，它的四声可照下面一些字例读去：

妈麻马骂　鸦牙雅亚　波婆颇破　拖驼妥堕

阿俄我饿　呵何可贺　知痴耻治　施时矢试

伊移倚裔　披皮否屁　胚培□配　灰回悔诲

哀呆蔼暖　乌吾五误　迂余与预　偷投□透

腰遥杳要　潘盘□叛　温文吻问　央洋养漾

汪王往旺　英嬴影映　通同桶痛

照着这些字例，念得纯熟，再触类旁通，参以现代语音学，更和实际歌唱结合起来，做到“字正腔圆”，是可把这审音的初步基础首先打好的。

附录二　谈谈词的艺术特征

词是依附唐、宋以来新兴曲调的新体抒情诗，是音乐语言和文学语言紧密结合的特种艺术形式。它的发生和发展，由诗的“附庸”而“蔚为大国”，是和乐曲结着“不解之缘”的。它的长短参差的句法和错综变化的韵律，是经过音乐的陶冶，而和作者起伏变化的感情相适应的。一调有一调的声情，在句法和韵位上构成一个统一体。它是顺着人类发音器官的自然规律创造各种不同的格式，通过这些格式来表达各种不同的情感。把它咏唱起来，是会使人感到“渐近自然”的。它之所以不同于一般五、七言古、近体诗，乃至夹有长短句的乐府诗，也就只在它的句法和韵律，是要受曲调的约束，而这种约束，是循着人类语言的自然法则来制定的。我们要了解“词的艺术特征”，仍得向它的声律上去体会，得向各个不同曲调的结构上去体会。作者能够掌握这些规律，选择某一适合表达自己所要表达的感情的曲调，把词情和声情紧密结合起来，也就会产生各种不同的风格和面貌，引起读者的共鸣。在词的领域中，也一样是“百花齐放”，丰富多彩的。

一个批评家的眼光，常是会被时代和环境所局限，从而“以偏概全”，看不见事物的整体。就是这个诗（这里所说的诗，一般指的是五、七言古、近体诗。）和词在语言、技法、风格、意境上的差别问题，在北宋作家如晁补之、李清照等早就提出来了。所谓“少游（秦观）诗似小词，先生（苏轼）小词似诗”。（《苕溪渔隐丛话》前集卷四十二引《王直方诗话》中晁补之、张耒说）所谓“王介甫（安石）、曾子固（巩）文章似西汉，若作一小歌词，则人必绝倒，不可读也。乃知别是一家，知之者少”。（《丛话后集》卷三十三引李清照说）究竟这诗和小词的差别在哪里呢？

我们且看秦观的诗怎样会“似小词”。元好问曾经说过：“有情芍药含春泪，无力蔷薇卧晓枝。拈出退之山石句，始知渠是女郎诗。”（《遗山文集》卷十一《论诗绝句》）这前两句是引的秦观《春日》绝句的后半首，《山石》是韩愈作的七言古体诗。这可见宋、金诗人心目中的诗和词，是有怎样的不同性质。这一对比，恰好说明当日所称“当行出色”的“小词”，该是属于软性的。再看俞文豹《吹剑录》所载：

> 东坡在玉堂日，有幕士善歌。因问："我词何如柳七？"对曰："柳郎中（永）词，只合十七八女郎，执红牙板，歌杨柳岸晓风残月（柳作《雨霖铃》）。学士词，须关西大汉，铜琵琶，铁绰板，唱大江东去（苏作《念奴娇》）。"

同样说明了彼时彼地所谓诗、词在风格上的差别问题，也就是后来词家分成婉约、豪放两大流派的根本原因。

为什么彼时彼地一般人的心目中，会存在着这样一个差别见解呢？据我个人的看法，还得注意它的音乐关系。因为词所依的"声"，多是出于"歌台舞榭"的。依着它的曲调来填的词，多是交给"十七八女郎，执红牙板"去唱的。所以它的风格，也就自然要倒向软性的一面。所谓："绮罗香泽之态，绸缪宛转之度"（胡寅《酒边词序》），也正是为了适应教坊歌曲的一种抒情手法。但从有了"横放杰出，自是曲子中缚不住"（《能改斋漫录》卷十六晁补之评东坡词语）的东坡词以后，简直就是"以词为诗"（陈师道《后山诗话》），所谓"逸怀浩气，超然乎尘垢之外"（胡寅语），开辟了阳刚的一派，一直就在词坛上和软性的阴柔一派并驱争流。这只能说是在词的领域内有了两种不同的风格；而这两种风格是自《诗经》、《楚辞》以来，直到所有五、七言古、近体诗，以及南北曲，都是同时存在着的。

我总觉得词所以“上不似诗，下不类曲”，它的主要关键，仍只在曲调的组成方面。由于作者的性格和所处的环境不同，而又善于掌握各个不同曲调的自然规律，因而产生各种不同的技法和风格；而这种种不同的技法和风格，却都是存在于词的领域以内的。清代词人不了解从发展去看问题，不了解从整体去看问题，只凭个人的主观，抓着一些个别现象夸张起来，要想显示自己的“独具只眼”，实际是“一手掩不尽天下人耳目”的。例如刘体仁把“夜阑更秉烛，相对如梦寐”（杜甫《羌村三首》）和“今宵剩把银釭照，犹恐相逢是梦中”（晏几道《鹧鸪天》）作为对比，认为这就是“诗与词之分疆”（《七颂堂词绎》）。他不从这两位作家在当时的物质环境和心理状态上去分析这两种作品的不同意格，却只管在每个句子的音响上，就一时的感觉，似乎有些刚、柔异样，便把它咬定是什么“诗与词之分疆”，这是毫无是处的。如果照刘体仁的说法，那么我也可以举出范仲淹的“都来此事，眉间心上，无计相回避”（《御街行》），来和李清照的“此情无计可消除，才下眉头，又上心头”（《一剪梅》）做个对比。这两者所抒写的情感和所使用的语言，乍看好像没有什么两样；但是它的风格，显然是有着阳刚和阴柔的绝大差别；难道也可以说这是“诗与词之分疆”吗？同时王士祯也有近似的说法：

或问：诗词、词曲分界。予曰：“无可奈何花落去，似曾相识燕归来。”定非香奁诗。“良辰美景奈何天，赏心乐事谁家院？”定非草堂词也。（《花草蒙拾》）

我们且看晏殊把这两个平生得意的句子，是怎样和其他的句子组成一个整体的：

元巳清明假未开，小园幽径独徘徊。春寒不定斑斑雨，宿醉难禁滟滟杯。无可奈何花落去，似曾相识燕归来。游梁赋客多风味，莫惜青钱万选才。（《示张寺丞王校勘七律》）

一曲新词酒一杯，去年天气旧亭台。夕阳西下几时回？　无可奈何花落去，似曾相识燕归来。小园香径独徘徊！（《浣溪沙》）

这一诗一词，有三个句子是完全一样的。虽然也有人说："细玩'无可奈何'一联，情致缠绵，音调谐婉的是倚声家语。若作七律，未免软弱。"（张宗橚《词林纪事》卷三）其实这只是一些错觉。因为七律形式过于呆板，把这两个名句放在类似绝句的小令中，确是比较更觉得"情致缠绵"的，但也绝对不能说这是什么诗、词的分界。作者就同时把它放在七言律诗里面，难道可以否认它，说它不成其为诗么？至于"良辰美景奈何天，赏心乐事谁家院"，自然是汤显祖《牡丹亭》里面的名句，但也得跟上文"原来姹紫嫣红开遍，似这般都付与断井颓垣"与下文"朝飞暮卷，云霞翠轩，雨丝风片，烟波画船，锦屏人忒看的这韶光贱"联合起来看，才显得它的特殊风调。它所用的曲牌《皂罗袍》，是句句押韵，平仄通协的。这和宋词的面目，自然要现出两样；但却不是什么单纯地在风格上和《草堂词》（《草堂诗余》所收的五代、宋词）有截然的界限。因为词和曲的不同领域中，又各有其丰富多彩的园地，很难拘以一格，而且各自构成整体，不容许分割开来看的。如果割下一些名句，肯定它是诗、是词、是曲。那么，宋词中也有很多用的是唐人诗句，元、明戏曲中也有很多用的是唐诗、宋词，把它融化得恰到好处，有什么截然不同的界线呢？且看王实甫《西厢记·长亭送别》中那一段：

碧云天，黄花地。西风紧，北雁南飞。晓来谁染霜林醉？总是离人泪。（正宫端正好）

这前面两个三字句，不就是范仲淹《苏幕遮》词上面的话么？还有《听琴》第一折：

落红成阵，风飘万点正愁人。池塘梦晓，阑槛辞春。蝶粉轻沾飞絮雪，燕泥香惹落花尘。系春心，情短柳丝长，隔花阴、人远天涯近。香消了六朝金粉，清减了三楚精神。（混江龙）

这“风飘万点正愁人”是从杜甫《曲江》七律诗中取来的，“人远天涯近”是从朱淑真《生查子》词中取来的。作者借用这些唐诗、宋词中的名句，巧妙地和其他色彩相称的许多词汇，通过特种曲调的音节，结合成为一个整体。它的特殊情调，仍是由曲调的组织形式来决定的。

我们如果不从各个作品上去推究它的错综复杂关系，不从它的整体上去分析它的继承性和创造性，不从它的音乐性和艺术性的结合上去体会它的不同风格，而盲从一般词话家的片面之言，那对古典文学的欣赏和学习，是会走进黑漆一团的牛角尖里，没有光明的前途的。

现在，再掉过头来，进一步谈谈我个人对“词的艺术特征”的看法。为什么说，词是音乐语言和文学语言紧密结合的特种艺术形式呢？这得追溯一下词的发生和发展的简单历史。王灼曾经说过：“隋以来，今之所谓曲子者渐兴，至唐稍盛；今则繁声淫奏，殆不可数。古歌变为古乐府，古乐府变为今曲子，其本一也。”（《碧鸡漫志》卷一）这里所说的“今曲子”，就是唐、宋以来词家所依的“声”。依附这“今曲子”的“声”来作成长短句的歌词，原来叫作“曲子词”（欧阳炯《花间集序》），后来把它简称作“词”，实质上还是音乐语言和文学语言的结合体。刘昫《旧唐书》志卷十也曾提到“自开元以来，歌者杂用胡夷里巷之曲”（《音乐》三）。这“胡夷里巷之曲”，也就是王灼所说的“今曲子”。这“今曲子”从隋以来，直到唐、五代、宋好几百年中，正在不断地发展着。依附这些不断发展的新兴曲调来制作的新体歌词，也是经过无数的音乐家和文学家的不断合作，不断改进，才得以逐渐组成这个音乐语言和文学语言紧密结合的特种艺术形式。我们只要把郭茂倩《乐府诗集》中《近代曲辞》这一类杂采唐诗人的五、七言古、近体诗配入许多当世流行的新兴曲调，进一步解散五、七言律，绝诗来配合各式各样的令曲，更进一步错综变化组成宋代盛行的慢曲长调，这漫长一段时期的演进历史，是可以从中看出“词的艺术特征”的主要关键，绝对是从每个曲调的整体上表现出来的。

所谓音乐语言和文学语言的结合这个自然规律，在齐、梁时代的沈约就已经发明了。他曾说过：“夫五色相宣，八音协畅，由乎玄黄律吕，各适物宜。欲使宫羽相变，低昂互节，若前有浮声，则后须切响。”（《宋书》卷六十七《谢灵运传论》）由于这个“玄黄律吕，各适物宜”和“宫羽相变，低昂互节”的自然法则的发明，经过无数作家的长期实践，最初是组成了“奇偶相生”，音节和谐的五、七言律，绝形式。但这种形式虽然富有高低抑扬的音节，可使读者和听者发生快感，却因过于整齐的格局，很难和人类起伏变化的感情恰相适应，因之也就不容易和参差繁复的新兴曲调紧密结合，这对“各适物宜”的原则，还是有很大距离的。人类语言，生来就有其高低抑扬的自然节奏。但在汉民族的孤立语中，要把它连缀起来，在每个字的意义和声调上，配合得非常适当，就非得经过长期的音乐陶冶，很难恰如其分地表达作者的起伏变化的感情，而使听者引起共鸣的作用。唐、宋以来长短句歌词的艺术特征，我觉得是应该在这些方面去深入了解的。

我们要了解词的特殊艺术形式，简略地说来，是该从每个调子的声韵组织上去加以分析，是该从每个句子的平仄四声和整体的平仄四声的配合上去加以分析，是该从长短参差的句法和轻重疏密的韵位上去加以分析。由各个独体字的安排适当，组成一个完整的统一体；把这个统一体加以深入体会，掌握某一个调子的不同节奏，巧妙地结合着作者所要表达的各种喜、怒、哀、乐的不同情感，这样，就能够填出感染力异常强烈的好词。古人填词，特别重视选调、选韵，这些关键是要善于掌握的。我们如果彻底了解了这些自然法则，也就不妨解脱过去所有曲调（也叫作词牌或曲牌）的束缚，而自己创造一种崭新的长短句歌词。这在宋代音乐家兼诗人的姜夔，早就这样做过了。他曾说："予颇喜自制曲，初率意为长短句，然后协以律，故前后阕多不同。"（《白石道人歌曲》卷四《长亭怨慢》小序）他是深切了解音乐语言和文学语言紧密结合的基本法则的。所以在他作的自制曲《暗香》、《疏影》，经过"工妓隶习"之后，自见"音节谐婉"（同上《暗香》小序）的妙处。

一般说来，人类的情感，虽然因了物质环境的刺激而触起千态万状的心理变化，但总不出乎喜、怒、哀、乐、爱、恶、欲的范围，也可以概括为喜、怒两大类。人类借以表达种种不同情感的语言音节，虽然也有轻、重、缓、急的种种差别，也可以概括为和谐与拗怒两大部分。唐、宋人所组成的“今曲子词”，尤其是慢曲长调，在这上面是十分讲究的。它能在和谐与拗怒的音节方面，加以适当的安排，构成矛盾的统一体，借以表达作者所要表达的某种微妙感情而恰如其量。这在柳永、周邦彦、姜夔诸家的词集中，更是值得我们深入探究的。

为了帮助读者对词的特种艺术形式有一般了解，姑且就一般常用的几个曲调，也就是现行“文学”课本中所能见到的几个曲调，随手拈来，做一些粗浅的分析：

首先来谈苏轼“赤壁怀古”的《念奴娇》。这个调子为什么适宜于表达豪放激壮一类的感情呢？我们先来探讨一下这个曲调的由来。据元稹《连昌宫词》自注：“念奴，天宝中名倡，善歌。每岁楼下酺宴，累日之后，万众喧隘，严安之、韦黄裳辈辟易不能禁，众乐为之罢奏。玄宗遣高力士大呼于楼上曰：‘欲遣念奴唱歌，邠二十五郎吹小管逐，看人能听否？’未尝不悄然奉诏。”（《元氏长庆集》卷二十四）又王灼引《开元天宝遗事》：“念奴有色，善歌，宫伎中第一。”“每执板当席，声出朝霞之上。今大石调《念奴娇》，世以为天宝间所制曲。”（《碧鸡漫志》卷五）根据这些记载，这《念奴娇》

的曲调，虽然很难确定是出于天宝间，但看这个曲调的命名，它的音节高亢，是可以断言的。现在就把苏词的文学语言来加以探索，这调子之所以适合于表达激越豪壮一类的情感，是和它的句法和韵位上的适当安排分割不开的。一般五、七言近体诗的调声法式，在每个句子中是两平两仄相互调换，而把逢双的字作为标准，所谓“一三五不论，二四六分明”的；在每首诗的整体中是隔句押韵，每一联（两个对句叫作一联）的末一字是平仄互换的；例如杜甫《登高》七律“无边落木萧萧下，不尽长江滚滚来”，上句末一字是仄声，下句末一字是平声。像这样的安排，是只有“和谐”而不会发生“拗怒”，这对表达激越豪壮一类的情感，是很难做到“各适物宜”的。再掉过头来，检查《念奴娇》这个曲调，在文字上的句法和韵位的安排，是怎样来和高亢的声情相结合的。根据这个曲调的其他作品，除掉上阕的“乱石穿空”一句，下阕的“遥想公瑾当年”和“故国神游”二句，句末是用的平声字，在全词的整体上发生一些“和谐”作用外，其余如“故垒西边，人道是三国周郎赤壁”二句，依律应读作“故垒西边人道是，三国周郎赤壁”；“羽扇纶巾谈笑间，强虏灰飞烟灭”二句，依别本应改作“羽扇纶巾谈笑处，樯橹灰飞烟灭”。像这许多句子组成的整体，句末一字用仄声的占了大多数；

这在整个的音节上，是“拗怒”的成分远远超过了“和谐”的成分的。在每个句子中间的平仄安排，虽然像律诗的形式占大多数，而上、下阕的结句，如“一时多少豪杰”，“一尊还酹江月”，末了四个字都是用的“平仄平仄”，“遥想公瑾当年”句用的“平仄平仄平平”，却又违反了律诗两平两仄相间的惯例，同样表现出“拗怒”的声情。加上全部的韵脚，如“物”、“壁”、“雪”、“杰”、“发”、“灭”、“发”、“月”都是短促的入声，这样，在句法和韵位的安排上，显然构成了一个矛盾的统一体；而“拗怒”多于“和谐”。因了硬碰硬的地方特别多，迫使它的音响向上激射，再和许多短促的韵脚组成一个统一的整体；这样，恰好和本曲的高亢声情紧密结合，最适宜于表达激越豪壮一类的情感。苏轼这一首“赤壁怀古”词，很纯熟地掌握了这一曲调的基本法则，再把眼前的壮阔风景和过去的炽烈战斗情况紧密结合起来，把“小乔初嫁”的“儿女柔情”和“羽扇纶巾谈笑处，樯橹灰飞烟灭”的英雄气概紧密结合起来，把“江山如画，一时多少豪杰”的追怀往事和“人生如梦，一尊还酹江月”的悼惜自身紧密结合起来；这许多矛盾现象都得到了统一。所以把它当作“声情并茂”的激昂慷慨的杰作，是由多种因素构成；而主要的关键，则仍在善于掌握这个曲调的基本法则。因了高亢的音响，而使读者发生“天风海雨逼人”（陆游评苏词语）的感觉，这是值得深入体会的。

这《念奴娇》曲调，所以宜于表达激越豪壮一类的感情，是和它的句法上与韵位上的组成整体分割不开的。如果破坏或改变了它一部分的法则，它的整个声情，也就会跟着转化。例如姜夔作：

闹红一舸，记来时尝与鸳鸯为侣。三十六陂人未到，水佩风裳无数。翠叶吹凉，玉容销酒，更洒菰蒲雨。嫣然摇动，冷香飞上诗句。　日暮，青盖亭亭，情人不见，争忍凌波去？只恐舞衣寒易落，愁入西风南浦。高柳垂阴，老鱼吹浪，留我花间住。田田多少，几回沙际归路。（《白石道人歌曲》卷三《念奴娇》）

你看他只改用了上、去声韵，便把整个的高亢音节都变了！像这性质相近的曲调，如《满江红》、《贺新郎》等，把来表达激越豪壮一类的感情，也必得选用入声韵；否则就要变质。四声韵部，各有它的特点，把它选来作为韵脚，对于整个的感情变化，影响是异常重大的。

接着来谈辛弃疾所曾用过的《摸鱼儿》。为什么这个曲调适宜于表达悲郁沉咽一类的情感呢？这一曲调的来源，现在是无法查考了。我们只得把最早一首晁补之的作品，从它的声容态度上去体会它的整体法则，看它对句法和韵位的安排，有着一些什么特点。现把晁词抄在下面：

买陂塘，旋栽杨柳，依稀淮岸江浦。东皋嘉雨新痕涨，沙觜鹭来鸥聚。堪爱处，最好是一川夜月光流渚。无人独舞。任翠幄张天，柔茵藉地，酒尽未能去。　青绫被，莫忆金闺故步。儒冠曾把身误。弓刀千骑成何事？荒了邵平瓜圃。君试觑，满青镜星星鬓影今如许！功名浪语。便似得班超，封侯万里，归计恐迟暮。（《摸鱼儿·东皋寓居》，见《晁氏琴趣外篇》）

我们先来看它的句子中的平仄安排。在开首的七个字就改用“逆入”的上三、下四句法，把重点放在第一个字上面。这一个字必得选用仄声，才会显得有力。晁词这个“买”字的上声，比起辛弃疾“更能消、几番风雨”的去声“更”字，就特别显出他的力量薄弱，比不上辛词的沉咽苍凉，有千回百折之感了。以下每个句子中间的平仄，除了“依稀淮岸江浦”、“儒冠曾把身误”二句的第四字和“酒尽未能去”、“归计恐迟暮”二句的第三字用的仄声略显一些“拗怒”外，其余的却都循着律诗的形式去做安排，一般是显得“和谐”的。但看它的整体的平仄安排，尤其是每个句子的末一字，除却“任翠幄张天”和“便似得班超”二句是用平收外，其余全是用的仄声字，就又可以体会到它的音节是“拗怒”比“和谐”的成分为多。再看它在换头的三字句后，接着连押两韵，又在上下阕的中腰，插上三句句句押韵而又长短相差很远的句子，在音节上显出一种低徊掩抑的情态；接着用一个去声字顶上，领起下面两个四字句，一个五字拗句；加上全部押的上、去声韵，组成它那掩抑低徊、欲吐还吞的一个整体。这对表达作者“抑塞磊落”的不平抱负，是很适宜的。明代声乐理论家王骥德曾经说过：“平声声尚含蓄，上声促而未舒，去声往而不返，入声则逼侧而调不得自转。”（《曲律》卷二《论平仄》）这虽是站在歌唱方面来说的话，可是把这性质不同的字声安排在韵位上，对整个作品的表情手法，也是关系非轻的。我们掉回头来，仔细玩味一下辛弃疾那篇“回肠荡气”的杰构，除掉“休去倚危栏”的“休”字，该用去声而改用了平声，使人感到不够有力外，它的词情和声情的结合，是比晁词要更完美得多。它那沉咽悲凉、欲吐还吞的无穷感慨，都恰如其量地表露出来了。

以下再来谈谈柳永的《八声甘州》，为什么这个曲调适宜于表达作者的苍凉凄壮一类的情感呢？据王灼说：“天宝乐曲皆以边地为名，若《凉州》、《伊州》、《甘州》之类。”又说：“《甘州》，世不见。今仙吕调有曲破，有八声慢，有令；而中吕调有《象甘州八声》，他宫调不见也。凡大曲，就本宫调制引、序、慢、近、令，盖度曲者常态。若《象甘州八声》，即是用其法于中吕调。此例甚广，伪蜀毛文锡有《甘州遍》，顾敻、李珣有《倒排甘州》，顾敻又有《甘州子》，皆不著宫调。”（《碧鸡漫志》卷三）现在流传的柳永《乐章集》就把《八声甘州》列在仙吕调内，那当然就是王灼所说的八声慢了。《甘州》本来是唐朝的大曲。大曲是有很多段，连歌带舞的。既然说“凡大曲，就本宫调制引、序、慢、近、令，盖度曲者常态”，那么，这《八声甘州》也就是就《甘州》大曲中的一段慢曲用来制作的新声了。《甘州》既是一套边塞曲，在《乐府诗集》卷八《近代曲辞》中留下了四句歌词：“欲使传消息，空书意不任。寄君明月镜，偏照故人心。”揣摩这四句歌词的情调，这整个曲调的声情该是属于苍凉激楚一类的。毛文锡的两首《甘州遍》，前一首是写“裘马轻狂”的公子闲游情调，后一首则纯为边塞曲的本色：“秋风紧，平碛雁行低。阵云齐。萧萧飒飒，边声四起，愁闻戍角与征鼙。　　青冢北，黑山西。沙飞聚散无定，往往路人迷。铁衣冷，战马血沾蹄。破蕃奚。凤皇诏下，步步蹑丹梯。”（《花间集》卷五）汤显祖给它的评语是：“一种霸气，已开宋、元间九宫、三调门户。”（明刊汤评《花间集》）可见就《甘州》大曲制成的引、序、慢、近、令等杂曲，它的声情还是离不了激壮苍凉的边塞曲的本色的。

柳永这个《八声甘州》的慢曲，大概是因为它用了八个韵脚，所以在《甘州》曲调上加上“八声”两个字，它的音节一样是激壮苍凉的。我们再就它的句法和韵位上的安排做些分析，就可以进一步了解苏轼为什么会特别欣赏这“霜风凄紧，关河冷落，残照当楼”三个句子，认为“此语于诗句不减唐人高处”（赵令畤《侯鲭录》卷七）。刘体仁也把它比作“敕勒之歌”（《七颂堂词绎》）。这和作者善于掌握这个曲调的声情是有着绝大关系的。且看它一开首就用一个强有力的去声“对”字，领起“潇潇暮雨洒江天，一番洗清秋”两个七、五言句子，接着又用一个去声“渐”字，顶住上面两句，领起下面三个“波澜壮阔”的四言句子。后面“是处红衰翠减，苒苒物华休”，两句一韵一个转折；“惟有长江水，无语东流”，又是两句一韵一个转折。这前半阕的长短句法，只是参差错落的妥处安排，而在开首放上一个去声“对”字，就近领下两句，接着又放上一个去声“渐”字，作为上面两个参差句子、下面三个整齐句子的关纽，把它换一换气，使“对”字一直贯到“无语东流”为止，这声情是十分凄壮的。换头“不忍登高临远”，用一个不押韵的句子拓开局势；紧接一个去声“望”字顶住上句，领起下面：“故乡渺邈，归思难收”两个四言句。这“望”字作为又一关纽，又和开首的“对”字取得呼应。下面又用一个去声“叹”字，顶住上文，转出“年来踪迹，何事苦淹留”一个四言、一个五言句子，又是一个错综变化，显得非常有力。接着又是一个上声“想”字，顶上两句，转出“佳人妆楼颙望，误几回天际识归舟”两个参差变化、摇曳生姿的句子来，而在两句中间又加上一个去声“误”字，作为换气的环节。再折进一层，用“争知我”三个字一面承上，一面领下“倚阑干处，正恁凝愁”两个四言句，关合情景，做成总结。这“倚阑干处”四字句必须用“仄平平仄”的一、二、一的句法，即中间两字要连成一气，如：“阑干”两字是不可分割开来读的。这样，才和上面“争知我”三字、下面“正恁凝愁”四字联系得十分紧凑，显出一种激楚苍凉的音节，构成一个错综变化的统一体。这个曲调的艺术特征，主要在它的句法变化，而且在重要环节放上许多有力的去声字，使在换气时显得格外有力。再在押韵方面，它选用了“尤侯”一类适于表达幽郁情感的平声韵，因之它能做到激楚苍凉，使读者发生强烈的同感。后来吴文英把这个曲调作为登临怀古的歌词，也是一首掌握声情颇为恰当的佳构。此歌词曰："渺空烟四远，是何年青天坠长星？幻苍崖云树，名娃金屋，残霸宫城。箭径酸风射眼，腻水染花腥。时靸双鸳响，廊叶秋声。　　宫里吴王沉醉，倩五湖倦客，独钓醒醒。问苍波无语，华发奈山青。水涵空、阑干高处，送乱鸦斜日落渔汀。连呼酒、上琴台去，秋与云平。"（《梦窗词集·灵岩陪庾幕诸公游》）

这吴词除起句句读有了变化，"水涵空"三字在转接处比不上柳词有力外，整个技法，都是掌握得很好的。

我觉得要谈整个长短句歌词的艺术特征，除掉在每个曲调的音节态度上去探求，除掉在句法和韵位的整体结合上去探求，是很难把"上不似诗，下不类曲"的界线划分清楚的。读者对词的欣赏和学习，除掉应该注意每个作品的内容实质即所含蕴的思想感情外，如果不了解各个曲调的组成规律，那也就会是"隔靴搔痒"，很难进一步体会到它的"弦外之音"、"味外之味"的。随手写出我的一些粗浅意见，提供一般爱好读词者的参考。如果要深入探究，那么，还得从多种曲调上去做综合的研讨，找出它的一般规律来；也可以作为我们创作新体歌词的借鉴。我这里只是略引端绪而已！

最后，我要介绍夏承焘先生两篇异常精密的论文：一篇是《词韵约例》，一篇是《唐宋词字声之演变》，都收在他的《唐宋词论丛》（上海古典文学出版社出版）里。这对研究词的艺术特征，是有很大帮助的。

（原载《语文教学》1957年6月号）

附录三　宋词发展的几个阶段

一、宋词的先导

长短句歌词发展到了宋代，可说是“登峰造极”，在中国文学史上占有特殊地位。这个音乐语言和文学语言紧密结合的特种诗歌形式，就它的音乐关系来说，原来叫作“曲子”或“杂曲子”（例如敦煌发现的《云谣集杂曲子》、柳永《乐章集》后附的《续添曲子》），又叫“今曲子”或“今体慢曲子”（并见王灼《碧鸡漫志》卷一、五），这都表明，词原是在唐、宋以来新兴曲调的基础上逐步发展起来的。就它的文学组织来说，原来叫作“曲子词”（见《花间集》欧阳炯序）或“长短句”（见《碧鸡漫志》卷二），这又表明，词是经过严格的音乐陶冶，从五、七言近体诗的形式，错综变化构成的。据崔令钦《教坊记》所载教坊曲名有二百七十八调之多，另附四十六大曲。这些曲调，都是唐明皇（李隆基）开元年间西京（长安）左右教坊诸妓女所常肄习的。其中如《夜半乐》、《清平乐》、《杨柳枝》、《浣溪沙》、《浪淘沙》、《望江南》、《乌夜啼》、《摘得新》、《河渎神》、《二郎神》、《思帝乡》、《归国遥》、《感皇恩》、《定风波》、《木兰花》、《菩萨蛮》、《八拍蛮》、《临江仙》、《虞美人》、《遐方怨》、《凤归云》、《绿头鸭》、《下水船》、《定西蕃》、《荷叶杯》、《长相思》、《西江月》、《拜新月》、《上行杯》、《鹊踏枝》、《曲玉管》、《倾杯乐》、《谒金门》、《巫山一段云》、《相见欢》、《苏幕遮》、《诉衷情》、《洞仙歌》、《梦江南》、《醉公子》、《拂霓裳》、《兰陵王》、《南歌子》、《风流子》、《生查子》、《天仙子》、《酒泉子》、《破阵子》、《摸鱼子》、《南乡子》等，在晚唐、五代、宋人词中，还是不断使用。晚近敦煌发现的唐人写本《琵琶谱》，也保存了《倾杯乐》、《西江月》、《心事子》、《伊州》、《水鼓子》、《胡相问》、《长沙女引》、《撒金砂》等曲。这八个曲调，都是《教坊记》中所有，只《水鼓子》作《水沽子》、《长沙女引》作《长命女》，大概由于传写的讹误。既然这些曲子，在开元时就已产生，为什么依照这些曲子的节拍来填的歌词，很难见到开元诗人的作品，连李白的《菩萨蛮》也多数认为靠不住呢？据《云谣集杂曲子》（《彊村遗书》本）所载三十首词中，共用《凤归云》、《天仙子》、《竹枝子》、《洞仙歌》、《破阵子》、《浣沙溪》、《柳青娘》、《倾杯乐》、《内家娇》、《拜新月》、《抛球乐》、《渔歌子》、《喜秋天》等十三个曲调；除《内家娇》外，也都是《教坊记》中所已有的；只《浣沙溪》作《浣溪沙》、《渔歌子》作《鱼歌子》，小有出入而已。这些无名作家的作品，据我个人二十年前的推测（见1933年《词学季刊》创刊号拙撰《词体之演进》），以及近年任二北先生的考证（详见任著《敦煌曲初探》），认为有很多是出于开元前后的。这些作品，使用同一曲调，而句度长短，常有很大的出入；这证明倚声填词，要文字和曲调配合得非常适当，必须经过长期的多数作家的尝试，才能逐渐做到，而且非文士与乐家合作不可。这种尝试精神，不能寄希望于缺乏群众观念的成名诗家，而且运用五、七言近体诗的平仄安排，变整齐为长短参差的句法，也非经过相当长期诗人和乐家的合作，将每一曲调都搞出一个标准格式来，是很难顺利发展的。由于无名作家的尝试，引起诗人们的好奇心，逐渐改变观念，努力促进长短句歌词的发展，这不得不归功于肯“依《忆江南》曲拍为句”（《四部丛刊》本《刘梦得外集》卷四）的刘禹锡、白居易；而“能逐弦吹之音，为侧艳之词”（《旧唐书》卷一百九十下）的温庭筠却因“士行尘杂，狂游狭邪”，放下了士大夫的架子，来搞这个长短句歌词的创作，奠定了这新兴歌曲在中国文学史上的特殊地位，这是值得我们特予赞扬的。

这倚声填词的风气，刚由温庭筠一手打开，接着遭到唐末、五代的乱离，教坊妓乐当然免不了四方逃散。因了南唐、西蜀比较有了相当长期的安定，声色歌舞也就跟着都市的繁荣而昌盛起来。韦庄挟歌词种子以移植于成都，遂开西蜀词风之盛。《花间集》的结集，显示令词的发荣滋长；虽因温氏作风偏于香软（见孙光宪《北梦琐言》），导致多数作家缺乏思想性；而韦氏的白描手法，启发了欧阳炯、李珣二家对南方风土人情的描绘，开了后来作家的另一法门。南唐李氏父子（中主璟、后主煜）保有江南，留心文艺，尤其是李煜，因了皇后周氏善歌舞，尤工琵琶（陆游《南唐书》卷十六），对歌词的创作，特感兴趣。同时宰相冯延巳在这个歌舞升平的小朝廷中，也常是趁着朋僚亲旧在宴会娱乐的时候，随手写些新的歌词，交给歌女们配着管弦去唱（四印斋本《阳春集》陈世修序）。这样朝野上下，相率成风，把短调小词的艺术形式提高，和西蜀的“花间”词派遥遥相对。这两股洪流，由于赵匡胤先后消灭了西蜀、南唐的分割局面，随着政局的统一而汇合于汴梁（北宋首都开封）；复经几许曲折，酿成宋词的不断发展，呈现“百花齐放”的伟观。这从开元教坊杂曲开始胎孕的歌词种子，经过几百年的发荣滋长，以及无数诗人与乐家的合作经营，才能在中国诗歌史上开辟这样一大块光辉灿烂的园地，使得古今多少英雄豪杰、志士仁人都要驰骋于其中，借以发抒他们的“奇情壮采”，至今一绝；这一发展过程，也是相当复杂的，值得吾人追溯一下的。

二、宋初令词的继续发展和慢曲长调的勃兴

我们了解了短调小令，在晚唐、五代的不断进展中，许多曲调都经过了诗人们的更迭实践而有了定型。作者只须照着它的句度长短、声韵平仄，逐一填上新词，就可能按谱歌唱；因而不必每个作者都得精通乐律，和温庭筠一样“逐弦吹之音”，这样只把它当作“句读不葺”的新体律诗去写，只管在艺术上不断提高。而且在晚唐、五代时，由于有些作家给过启示，像这类本来是给歌女们配上管弦借以取乐的玩意儿，也可以借来发抒个人的抱负和所有身世之感，它的感染力，较

之过去各种诗歌形式，是“有过之，无不及”的。例如唐昭宗（李晔）被逼在华州登上齐云楼，写了两首《菩萨蛮》，一首是：“登楼遥望秦宫殿，茫茫只见双飞燕。渭水一条流，千山与万丘。　　野烟生碧树，陌上行人去。安得有英雄，迎归大内中！”一首是：“飘摇且在三峰下，秋风往往堪沾洒。肠断忆仙宫，朦胧烟雾中。　　思梦时时睡，不语长如醉。早晚是归期，穹苍知不知？”（《碧鸡漫志》卷二引）像这样穷途末路的可怜皇帝的哀鸣，在当时，很多人还是会寄予同情的，所以在敦煌发现的唐人写本杂曲词中，也有这个作品。至于李煜亡国以后，在“此间终日以眼泪洗面”的俘囚生活中写下了许多“以血泪凝成”的《浪淘沙》、《虞美人》、《相见欢》等作品，也就是王国维所称“词至李后主而眼界始大，感慨遂深”（《人间词话》卷上）；它给作家们的启示，是更加重大的。北宋词家，由于这些启示，感觉到这个出于里巷歌谣的新兴诗体，一样适于“缘情造端，兴于微言，以相感动，极命风谣里巷、男女哀乐，以道贤人君子幽约怨悱不能自言之情，低回要眇，以喻其致”（张惠言《词选》目录序）。于是许多政治家和文学家如寇准、范仲淹、晏殊、欧阳修、王安石等，都或多或少地对这个长短句歌词有所“染指”。这些作家的作品，虽也各有不同风格，一般说来，都是直接南唐系统，从李煜、冯延巳的基础上发展起来的。晏殊、欧阳修和王安石都是江西人。江西原来就是南唐疆域，中主李璟还曾迁都洪州（南昌），必然会把歌词种子散播于江西境内。和欧阳修同时的刘攽早就说过："元献（晏殊）尤喜冯延巳歌词，其所自作，亦不减延巳。"（《贡父诗话》）清人刘熙载又说："冯延巳词，晏同叔（殊）得其俊，欧阳永叔（修）得其深。"（《艺概》卷四）这都说明晏殊、欧阳修两大作家的词，都是直接南唐系统，和地域关系有重大影响的。王安石也曾问过黄庭坚："作小词，曾看李后主词否？"（《苕溪渔隐丛话》前集卷五十九引《雪浪斋日记》）李后主的词是"言之有物"的。这对于有伟大政治抱负的范仲淹、王安石给了很大的启示，因而产生范氏《苏幕遮》、《渔家傲》、王氏《桂枝香》这一类沉雄激壮的好词，开辟了苏、辛豪放派的大路，这一点是应该特别指出的。

我在前面已经说过，词是在唐、宋以来新兴曲调的基础上逐渐发展起来的。所以我们要了解北宋词特别兴盛的原因，除了上面所说的南唐影响外，还得注意那时的音乐发展情况。据《宋史》卷一百四十二《乐志》十七，提到燕乐，推本于唐"以张文收所制歌名燕乐，而被之管弦，厥后至坐部伎琵琶曲，盛流于时，匪直汉氏上林乐府、缦乐不应经法而已”。这说明唐以来音乐界情况，是几乎全部被龟兹人苏只婆传来的琵琶曲所笼罩；而倚曲填词的发展，也是和这些琵琶曲调的传播分不开的。《乐志》又说：“宋初循旧制，置教坊，凡四部。其后平荆南，得乐工三十二人；平西川，得一百三十九人；平江南，得十六人；平太原，得十九人；余藩臣所贡者八十三人；又太宗藩邸有七十一人；由是四方执艺之精者皆在籍中。”这来自各方的乐工，都被安排在教坊里面；于是久经离析的唐教坊旧曲又渐渐被整理出来，作为新朝音乐的发展基础。我们且看北宋教坊所奏十八调、四十六曲，其中如《万年欢》、《剑器》、《薄媚》、《伊州》、《清平乐》、《胡渭州》、《绿腰》等，也都是开元教坊流传下来的旧曲。这四十六曲中除龟兹部《宇宙清》、《感皇恩》所用的乐器以觱篥为主外，其余都是以琵琶为主的歌曲。在“队舞”的“女弟子队”中，开首就是“菩萨蛮队”。这一切，都说明北宋时代的音乐，都是从唐开元教坊旧曲的基础上发展起来的。《乐志》也曾提到：“宋初置教坊，得江南乐，已汰其坐部不用。自后因旧曲创新声，转加流丽。”又说：“太宗（赵炅）洞晓音律，前后亲制大、小曲及因旧曲创新声者，总三百九十。”又说：“仁宗（赵祯），洞晓音律，每禁中度曲，以赐教坊，或命教坊使撰进，凡五十四曲。”单是这两个皇帝就创作了这许多新曲，加上教坊所保存的旧曲，以及无数乐工“因旧曲创新声”的歌曲，这数目该是大得惊人的。由于音乐歌曲的繁荣，因之适应这些新兴曲调而创作的歌词，也就应运而起，斗靡争妍。加上赵匡胤在开国之初，自己觉得他的皇位是从“孤儿寡妇”的手中窃取得来的，怕他的“佐命功臣”将来也“如法炮制”，因而借着杯酒解除了那批大将的兵权，而劝他们“及时行乐”；这样间接鼓舞了满朝文武，留连于声色歌舞的场所；不但“淫坊酒肆”可以尽情度着“浅斟低唱”的生活，一般贵游子弟乃至士大夫家也差不多都要养几个“舞鬟”，教些歌曲，作为“娱宾遣兴”的主要条件。还有地方官吏，送往迎来，都有歌伎奉承，几乎成了惯例。由于这种种关系，文人和歌女接触的机会太多了，许多歌曲的节奏也听惯了；而且短调小令，经过无数作家的实践，对句度声韵的安排，也早有了定型，在旧的基础上逐步提高，不论在风格上、艺术上，令词发展到了北宋前期诸作家，如晏殊、欧阳修、晏几道等，真可说得上“登峰造极”。这三人中尤以晏几道为最突出。他是晏殊的第七子。尽管生长在宰相的家庭中，却对那些趋炎附势的人们看不顺眼。黄庭坚说他“磊隗权奇，疏于顾忌”，又说他有四痴：“仕宦连蹇，而不能一傍贵人之门，是一痴也；论文自有体，不肯一作新进士语，此又一痴也；费资千百万，家人寒饥，而面有孺子之色，此又一痴也；人百负之而不恨，己信人，终不疑其欺己，此又一痴也。”（《豫章黄先生文集》卷十六《小山集序》）像他这样充满矛盾的生活，迫使他一意向文学方面发展，用歌词来排遣他那愤世嫉俗的心情，因而影响他的词的风格的提高。连道学先生程颐听人念起他的名句：“梦魂惯得无拘检，又踏杨花过谢桥。”也不免要赞叹一声：“鬼语也！”（《邵氏闻见后录》卷十九）这可见黄庭坚赞美他的词：“可谓狎邪之大雅，豪士之鼓吹，其合者‘高唐’、‘洛神’之流，其下者岂减‘桃叶’、‘团扇’哉？”又说他“乃独嬉弄于乐府之余，而寓以诗人之句法，清壮顿挫，能动摇人心”（《小山集序》）。这些话都是异常“中肯”的。几道自己也说过：“叔原往者浮沉酒中，病世之歌词，不足以析酲解愠，试续南部诸贤绪余，作五、七字语，期以自娱；不独叙其所怀，兼写一时杯酒间闻见所同游者意中事。”（《小山词》自序）他对黄庭坚说：“我槃跚勃窣，犹获罪于诸公；愤而吐之，是唾人面也。”（《小山集序》）两相对照一下，他的“使酒玩世”，是有“满肚皮不合时宜”的。他又叙述他的填词动机：“始时沈十二廉叔、陈十君龙家有莲、鸿、苹、云（四个歌女）品清讴娱客，每得一解，即以草授诸儿；吾三人持酒听之，为一笑乐而已！”（《小山词》自序）他又把这些作品叫作“狂篇醉句”，可见其中也是“言之有物”的。这里面所记“悲欢离合之事”，我们现在很难给以确切的证明；但在整个《小山词》中，他那高贵的品质，深厚的感情，以及高超的艺术手腕，却使人荡气回肠，挹之无尽。在令词发展史上，李煜和晏几道是两位最杰出的作家；而晏几道把令词推向顶点，尤其是值得读者深入寻味的。

北宋统一中国之后，虽然辽与西夏还常给赵氏朝廷以不断威胁，但一般说来，经过几十年的休养生息，到了仁宗时，社会经济是渐渐繁荣起来了。因了汴京的繁庶，以及教坊新曲的盛行，于是从唐以来就已有了的“今体慢曲子”，由于普遍社会娱乐的需要，也就渐渐为士大夫所注意，而开始替这些慢曲长调创作新词了。张先、柳永在这方面做了开路先锋。陈师道说：“张子野（先）老于杭，多为官伎作词。”（《后山诗话》）叶梦得说：“柳永为举子时，多游狭邪，善为歌辞。教坊乐工每得新腔，必求永为辞，始行于世。”又说：“永亦善为他文辞，而偶先以是得名，始悔为已累。余仕丹徒，尝见一西夏归朝官云：‘凡有井水饮处，即能歌柳词。’言其传之广也。”（《避暑录话》卷三）从张、柳两人这些填词经历，我们可以了解，“今体慢曲子”虽然和小令短调一样，早在开元以来就有了，但必须等到三百年以后的仁宗朝才大大发展起来，是有它的特殊原因的。我在前面已经说过，一般有了声望的文人，对于流行民间的新兴曲子，是不敢轻易接受的。运用五、七言今体诗的声韵组织，把它解放开来，适应一些新兴曲调，又非得着诗人与乐家的密切合作不可。我们只要仔细想想，柳永尚且把替教坊乐工代作歌辞“悔为己累”，这长调慢词所以迟迟发展的症结，就可以“迎刃而解”了。由近体律、绝的声韵安排、错综变化，以创立长短句歌词的短调小令，经过温庭筠的大量创作，还得有西蜀、南唐比较长时期安定局面的培养，才能够充分发扬；那变化更多、声韵组织更加复杂的慢曲长调，就更非经过长时期无数无名作家的尝试酝酿，而且有突出的富于文学修养的诗人，放下士大夫的架子，和乐工歌女们取得密切合作，是断乎不容易开辟这一广大园地的。恰巧张先、柳永挺身而出，担当了这一重任，为这一音乐语言和文学语言紧密结合的特种诗歌形式，留给天才作家作为发抒奇情壮采的一大广场；张、柳开创的伟绩丰功，是不容湮没的。

三、柳永、苏轼间的矛盾和北宋词坛的斗争

柳永的辈分，是早于苏轼的。在苏轼“横放杰出”的词风

没有取得广大读者拥护之前，整个的北宋词坛，几乎全为柳永所笼罩。因为他的作品，很多是专为迎合一般小市民心理来写的；而且他所采用的语言也很接近群众，再和教坊时新曲调配合起来，给歌女们随地唱出，就自然会受到广大听众的热烈欢迎。在《乐章集》中，这一部分作品，有些是近于猥亵，不免低级趣味的；这是被一般文人雅士所共唾弃的一面。至于他那“羁旅穷愁之词”，虽然是写的个人遭遇，而纵横排荡，天才横溢；抒情写景，开辟了许多独特的境界。连看不起他的苏轼，读到《八声甘州》的警句：“渐霜风凄紧，关河冷落，残照当楼”，也不免要点点头，赞一声：“此语于诗句不减唐人高处！”（《侯鲭录》卷七）我觉得柳永的特殊贡献，还在他所写的慢词长调，体会了唱曲换气的精神，在许多转折地方，安排一些强有力的单字，用来承上转下，作成许多关纽，把整个作品，像珠子一般连贯起来，使人感觉它在“潜气内转”，“摇曳生姿”。这一套法宝，该是从魏、晋间骈文得着启示，把它运用到体势开拓的长调慢词上来，使这个特种诗歌形式，由于音乐的陶冶，赋予了生命力，而筋摇骨转，竟体空灵，曲折宕开，恰与人们起伏变化的感情相应。若不是柳永对文学有深厚的修养，和对音乐有深刻的体会，并把两者结合起来，是万万做不到的。我们只要从他的代表作《八声甘州》里面所用的“对”、“渐”、“望”、“叹”等字，以及许多错综变化的句法，加以深入的体会，就不难理解他那高超的艺术手腕，是怎样富于音乐性，而长调慢词的发展，对抒情诗是有怎样的重要了。

柳永既然在词的领域内，有了这样的开辟之功，正好供给天才作家以纵横驰骋的广大园地，那么，为什么苏轼在这方面会和他发生矛盾，甚至告诫他的门下，要和柳永展开剧烈的斗争呢？据俞文豹《吹剑录》云：

> 东坡在玉堂日，有幕士善歌，因问：“我词何如柳七？”对曰：“柳郎中词，只合十七八女郎，执红牙板，歌‘杨柳岸，晓风残月’。学士词，须关西大汉，铜琵琶，铁绰板，唱‘大江东去’。”东坡为之绝倒。

这虽是一个带有滑稽意味的笑话，但这两家的风格，确也是迥然不同的。苏轼还曾对他的得意门生秦观说过：“不意别后，公却学柳七作词！”（《高斋诗话》）这都表现柳、苏间的重大矛盾和两派的剧烈斗争。这个主要原因，还在当时一般士大夫对这个新兴歌词的看法，可能阻碍“偶尔作歌，指出向上一路，新天下耳目”（《碧鸡漫志》卷二）的豪放词派的发展，所以像他本人那样的浩荡襟怀，还得和柳永的流派展开无情的斗争，因为不这样，是很难在柳派的势力下，把词的内容向前推进一步的。这消息，只要看当时最崇拜苏氏的文人，如陈师道，还要这样说："子瞻以诗为词，如教坊雷大使之舞，虽极天下之工，要非本色。今代词手，惟秦七、黄九耳！"（《后山诗话》）还有他的门下士晁补之、张耒也和陈师道一样的见解，只把秦观的词当作正宗，因而有"少游诗似小词、先生（苏轼）小词似诗"（《苕溪渔隐丛话》前集卷四十二引《王直方诗话》）的说法。这个传统的狭隘思想，认定香弱一格的词才算是当行出色，是在"花间"派以至柳词盛行的影响下自然产生的。为了打开另一局面，解除这特种诗歌形式上一些不必要的"清规戒律"，好来为英雄豪杰服务，那么，这个"深中人心"的"要非本色"的狭隘成见，就好像一块阻碍前进的"绊脚石"，非把它首先扳掉不可。苏轼立意要打开这条大路，凭着他那"横放杰出"的天才，"虽嬉笑怒骂之辞，皆可书而诵之"（《宋史》卷三三八《苏轼传》）。因而"以文章余事作诗，溢而作词曲，高处出神入天，平处尚临镜笑春，不顾侪辈"（《碧鸡漫志》卷二）。他自己的作品，果如胡寅所称："一洗绮罗香泽之态，摆脱绸缪宛转之度，使人登高望远，举首高歌，而逸怀浩气，超然乎尘垢之外；于是‘花间’为皂隶，而柳氏为舆台。”（《酒边词序》）他索性不顾一切的非议，只是“满心而发，肆口而成”，做他那“句读不葺”的新体律诗。说他“以诗为词”也好，说他“小词似诗”也好，他只管大张旗鼓来和拥有群众的柳词划清界线，终于获得知识分子的拥护，跟着他所指引的道路向前努力。于是这个所谓“诗人之词”，不妨脱离音乐的母胎而卓然有以自树。这个别开天地的英雄手段，也就只有苏轼这个天才作家才能做得那么好。

四、北宋词坛的两个流派

一般说来，在长短句歌词的发展史上，柳永和苏轼，虽然站在敌对矛盾的两方面，但从两个不同角度去看，也就各有各的开创之功。后人把它分作豪放、婉约两派，虽不十分恰当，但从大体上看，也是颇有道理的。这两派分流的重要关键，还是在歌唱方面的成分为多。所谓“十七八女郎，执红牙板”，袅袅婷婷去歌唱的作品，自然以偏于软性的为最适宜。所以在“苏门四学士”中，只有秦观的《淮海词》，最被当时词坛所推重。叶梦得说：“秦观少游亦善为乐府，语工而入律，知乐者谓之作家歌。元丰间，盛行于淮、楚。”（《避暑录话》卷三）又说：苏轼对秦观的词“犹以气格为病”。这恰恰说明一般适宜入歌的词，是和文人自抒怀抱的词，有着相当距离的。陈师道推“秦七、黄九”为“今代词手”，也因两家集子里都有不少运用方言俚语、专为应歌而作的东西。从两家的整个风格来看，秦词有些确是受过柳七影响，偏于软美一路；但在南迁以后的作品，则多凄厉之音，格高韵胜，确实不愧为一个“当行出色”的大作家，上比柳永，下较周邦彦，不但没有逊色，而且有他的独到之处。《淮海词》一向被读者所推重，不是没有理由的。黄庭坚的《山谷词》，除掉那些应歌之作以外，大体都是沿着苏轼的道路向前进展。他的风格，也和他的诗一样，以生新瘦硬见长，使读者像吃橄榄一般，细细咀嚼，才会感到“舌本回甘”的滋味。晁补之和黄庭坚同在苏门，他的词也是沿着苏轼的道路走的。他曾批评过苏、黄两氏的作品，说“居士（轼）词横放杰出，自是曲子中缚不住者。黄鲁直（庭坚）间作小词固高妙，然不是当行家语，自是著腔子唱好诗”（《能改斋漫录》卷十六）。看他言外之意，好像对苏、黄都不十分满意，实则他直接受了这两位师友的熏染，也可说是苏词的嫡系。把晁氏当作由苏轼过渡到辛弃疾的桥梁，是很合适的。因了北宋后期对于元祐党人的排斥，苏轼一派词风，在南方受了一定程度的阻碍，几经曲折，将种子移植于北方，从而产生金词的“吴（激）蔡（松年）体”。直到南渡以后，这种子又由辛弃疾带回南方，创立一派“豪杰之词”。这一股巨流，是由苏轼疏浚出来的。

柳七一派，虽经苏轼的剧烈斗争，但因它在广大人民中打下了深厚基础，所以它的影响，依然根深蒂固，不易消灭。如上所说，苏门秦学士且不免有所沾染。据王灼说，还有“沈公述、李景元、孔方平、处度叔侄、晁次膺、万俟雅言（咏）、田不伐（为）、曹元宠（组）等，源流皆从柳氏来”（《碧鸡漫志》卷二）。这些人的作品，有的在“长短句中作滑稽无赖语”，受到当时市民阶层的欢迎，但不登“大雅之堂”，很快也就湮没了。柳永以后，只有贺铸、周邦彦两家，在长调慢词方面，有了进一步的发展。贺氏辈分，约与黄、秦相等。黄庭坚最爱贺作《青玉案》词中“梅子黄时雨”的警句，尝有“解道江南断肠句，世间惟有贺方回”的表扬。张耒替他作《东山词序》，推崇他的作品，“盛丽如游金、张之堂，而妖冶如揽嫱、施之祛，幽洁如屈、宋，悲壮如苏、李”。这些话，也不尽是溢美之辞。依我个人的看法，贺氏在词界的最大贡献，除了小令另有独创，仿佛南朝乐府风味外，他的长调也有很多笔力奇横的作品，可以作为辛弃疾的前导。尤其是他那《六州歌头》和《水调歌头》，句句押韵，平仄互协，增加了这两个曲调的声情激壮之美，打开了金、元北曲的先路，是值得特为指出的。

周邦彦是北宋词坛的殿军，也有人推他为“集大成”的作者（周济《宋四家词选序论》）。他的词是从柳永的基础上向前发展的。从音乐和艺术的角度来看，他的地位是超过柳永的。他有很深厚的文学基础，兼“好音乐，能自度曲”（《宋史》卷四百四十四《文苑传》）。在徽宗（赵佶）崇宁年间，仿照汉武帝建立“乐府”的遗意，设置“大晟府”，作为整理、创作音乐曲调的最高机关。邦彦做了这“大晟府”的提举官，和万俟咏、田为一道工作（《碧鸡漫志》卷二）。张炎曾经说起：他们在“大晟府”时做过“讨论古音、审定古调”的工作，“又复增演慢曲、引、近，或移宫换羽，为三犯、四犯之曲，按月律为之，其曲遂繁”（《词源》卷下）。这个正式音乐机关，虽然没有很长的历史，但由于徽宗皇帝的重视，“大晟府”所搜集的乐谱资料，必然是异常丰富的。周邦彦和万俟咏、田为等在这里面工作，所看到的隋、唐旧谱一定很多。例如《兰陵王》慢曲本来是北齐高长恭的《兰陵王入阵曲》，而现存《清真集》中有《兰陵王》咏柳词。据王灼说：“今越调《兰陵王》，凡三段，二十四拍；或曰遗声也。此曲声犯正宫，管色用大凡字、大一字、勾字，故亦名大犯。”（《碧鸡漫志》卷四）周词就是用的这个《越调·兰陵王》的遗声。据毛幵说：“绍兴初，都下盛行周清真咏柳《兰陵王慢》，西楼南瓦皆歌之，谓之《渭城三叠》。以周词凡三换头，至末段声尤激越，惟教坊老笛师能倚之以节歌者。其谱传自赵忠简（鼎）家。忠简于建炎丁未（1127）九日南渡，泊舟仪真江口，遇宣和大晟乐府协律郎某，叩获九重故谱，因令家伎习之，遂流传于外。”（《樵隐笔录》）把这王、毛两人的话联系起来看，可见“末段声尤激越”的《兰陵王》，确是《入阵曲》的遗声。更进一步去看《清真集》中所有长调慢词，确如王国维所说：“读先生之词，于文字之外，须更味其音律。今其声虽亡，读其词者，犹觉拗怒之中，自饶和婉，曼声促节，繁会相宣，清浊抑扬，辘轳交往。”（《清真先生遗事》）长短句慢词发展到了周邦彦，才算到了音乐语言和文学语言紧密结合的最高艺术形式。从艺术角度去看他的全部作品，确能做到“浑化”（周济《宋四家词选序论》）的境界。由于它的音乐性特别强烈，一直为歌女们所爱唱；直到宋亡以后，还有杭妓沈梅娇会唱他的《意难忘》、《台城路》两首歌曲（张炎：《山中白云》国香词小序）。他在文学上及音乐上的影响之大，也就可想而知了。

五、南宋词风的转变和苏辛词派的确立

词在形式上的发展，到了周邦彦，已是“登峰造极”。这个高度艺术，恰巧随着北宋皇朝的崩溃而消沉下来。由于金人的南侵，汴京沦陷，所有歌舞人等也都四散奔逃，于是入乐的词，受到环境的影响，渐渐不被作者所重视。所有爱国志士于流离转徙之余，偶然“悲从中来”，借着填词来发抒“身世之感”，不期然而趋向苏轼一路。由于各个作者的爱国思想和激越感情，倾注于这个“句读不葺”的新体律诗中，把这个高度艺术形式注入了许多新血液，于是这个本来是附属于音乐的特种诗歌形式，不妨脱离音乐而自有其充分的感人力量。有如岳飞的《满江红》和张孝祥的《六州歌头》，都充分表现了作者的爱国主义精神和激壮苍凉的民族英雄气概。就是许多南渡诗人于作诗之余，也写些长短句，有如陈与义的《无住词》、叶梦得的《石林词》、朱敦儒的《樵歌》、张元幹的《芦川词》、向子諲的《酒边词》、陆游的《放翁词》，都是倾向于苏轼所指引的道路，在南渡初期自成系统的。只有女词人李清照目空一切，对过去作家除南唐二主及冯延巳外，都表示不满。她说：柳永“虽协音律，而词语尘下”；

张先等“虽时时有妙语，而破碎何足名家”；晏殊、欧阳修、苏轼“学际天人，作为小歌词，直如酌蠡水于大海，然皆句读不葺之诗尔”。她对词别有一种看法，认为“别是一家，知之者少”。她比较地推重晏几道、贺铸、秦观、黄庭坚，说这四家是懂得怎样填词的；但一面又指出他们的缺点：“晏苦无铺叙、贺苦少典重；秦即专主情致而少故实，譬如贫家美女，虽极妍丽丰逸，而终乏富贵态；黄即尚故实而多疵病，譬如良玉有瑕，价自减半。”（以上皆见《苕溪渔隐丛话》后集卷三十三）她这样严格地要求古人，究竟她自己的成就怎样？我们读了她的《漱玉词》，确实不愧为“当行本色”（沈谦《填词杂说》）的作家。清照和后起的辛弃疾都是济南人，在词的成就上各有各的特点。清代诗人王士桢谈到词的两大宗派说：“婉约以易安（李）为宗，豪放惟幼安（辛）称首。”（《花草蒙拾》）清照也曾饱经丧乱流离的苦痛，她却不肯在填词方面破坏她自己所定的约束，故作壮音。她只就寻常言语度入音律，随手拈来，自然超妙。这在南宋初期诸作家中，是具有独特风格的。她这种“本色”语，也曾影响辛弃疾的晚年作品，不过两人的身世环境不同，笔调究难一致罢了。

苏轼“横放杰出”的作风，恰宜发抒英雄豪杰的热情伟抱。这一启示，由他的门徒黄庭坚、晁补之分途发展，以开南宋初期作家的风气；直到辛弃疾，进一步把局面打开，这样才奠定了词在中国文学史上不可动摇的地位。刘辰翁说得好："词至东坡，倾荡磊落，如诗、如文、如天地奇观，岂与群儿雌声学语较工拙？然犹未至用经、用史，牵雅、颂入郑、卫也。在稼轩前，用一语如此者，必且掩口。及稼轩横竖烂熳，乃知禅宗棒喝，头头皆是。"（《须溪集·辛稼轩词序》）由于辛弃疾是一个有肝胆、有魄力而一意以恢复中原自任的爱国男儿，他那火一般的爱国热情，贯穿在他一生的言论行动中，贯穿在他的所有文学作品中；他只把长短句歌词形式作为他发泄"不平之鸣"的工具，他打破了一切顾虑，只管写他的"豪杰之词"。这样充满着热力的作品，所以能够做到"大声镗鞳，小声铿锵，横绝六合，扫空万古"（刘克庄《后村大全集》卷九十八《辛稼轩集序》）的境界。苏辛词派的确立，是词学发展史上的一件大事。这个经历长期音乐陶冶而成的词体，到了辛弃疾，才算充分赋予了生命力而放射出异样光芒来。和他同时的陈亮、刘过以及南宋末年的刘克庄、刘辰翁等都是向往辛氏，作风相近，而才力是万万不相及的。

六、姜夔的自度曲和南宋后期的词风

南宋偏安局定以后，首都临安拥有湖山之美，声色歌舞，保持了一个相当时期的升平气象。这时除了一部分慷慨激昂的爱国之士，借着长短句来写他们的壮烈抱负外，一般文人仍然特别重视柳、周一派的音乐性和艺术性，想在这一方面做进一步的发展；虽然成就不够大，但也不容一笔抹杀。在这一派里面，最富于创造性的杰出作家，自然要推姜夔。

姜夔是一个精通音乐的诗人兼艺术（书法）家。他不曾做过官，生活圈子是很狭窄的。他的诗继承了江西诗派的传统，而又改变了面目，实践了他的“意格欲高，句法欲响”（《白石诗说》）的理论。夏承焘教授说他“把江西派的内在美（神味）和它的创格铸辞法融入新体文学的词里来”，所以能够别开一派，“和苏辛、柳周两派鼎足而三”（夏承焘《论姜夔词》，见《文学研究》1957年第1期）。这对姜词的评价，是相当正确的。因为他是一个音乐家，不甘于沿用旧曲填词，从而打开“自度曲”的一条新路。他曾说：“予颇喜自制曲，初率意为长短句，然后协以律，故前后阕多不同。”（《白石道人歌曲》卷四《长亭怨慢》小序）像这样的创造精神，确实又把慢词的表现技法大大地推进了一步。我们只要一读他的《长亭怨慢》："阅人多矣！谁得似长亭树？树若有情时，不会得青青如此！"以及《扬州慢》："自胡马窥江去后，废池乔木，犹厌言兵。渐黄昏，清角吹寒，都在空城。"就会感到真有一气舒卷、婉转相生的妙境，是姜夔所特有的。传世的《白石道人歌曲》自注工尺旁谱的有十七首，其中《扬州慢》、《长亭怨慢》、《澹黄柳》、《石湖仙》、《暗香》、《疏影》、《惜红衣》、《角招》、《征招》、《秋宵吟》、《凄凉犯》、《翠楼吟》等十二首都属于"自制曲"。这十七首词所保留的工尺旁谱，为今日仅存的最宝贵资料。据个人所知，夏承焘、杨荫浏两教授和丘琼荪先生正在向这上面做深入的探讨。这对宋词的唱法和创作民族形式的新体歌曲，都将发生重大的作用，是应该予以特别注视的。

和姜夔并称而作风不同的专业词人有吴文英。张炎曾把"清空"、"质实"两种不同境界来评判姜吴二氏的高低。他说："词要清空，不要质实。清空则古雅峭拔，质实则凝涩晦昧。姜白石词如野云孤飞，去留无迹；吴梦窗词如七宝楼台，眩人眼目，碎拆下来，不成片段。"（《词源》卷下）吴文英词确实有"凝涩晦昧"的毛病。他是接受温庭筠、周邦彦的作风，再加上李商隐作诗的手法，也想自创一格的；可惜没有相当的条件和开拓的襟怀，不觉钻入牛角尖里去了。近代况周颐、朱孝臧诸词人都是推重梦窗的。况说：“梦窗密处，能令无数丽字，一一生动飞舞，如万花为春，非若琱璠蹙绣，毫无生气也。”（《蕙风词话》卷二）我们如果专从艺术方面去看吴词，有些技法似乎也是值得参考的。

南宋末期作家，除前面提到的刘克庄、刘辰翁等是辛派的后劲外，其余如王沂孙、周密、张炎等，都是跟着姜夔走的；虽然也各有不同程度的若干成就，但都是一些“亡国哀思之音”，有如草际虫吟，使人听了难受而已！

七、结论

赵宋一朝，是长短句歌词发展到最为光辉灿烂的时代。这个音乐语言和文学语言紧密结合的特种诗歌形式，是从开元以来教坊乐曲的基础上，经过若干无名作者和晚唐、五代以来许多专业作家辛勤积累经验逐渐发展起来的。北宋初期作家在令词方面接受南唐系统，提高了它的风格，晏几道要算是达到了顶点的代表作家。由于汴京的经济繁荣，随着教坊杂曲的不断发展，而长调慢词勃然以兴；柳永适应这个时代需要，把这特种诗歌形式的园地大大地拓展开来了。接着苏轼以“横放杰出”的天才，感于柳词的“骫骳从俗”，风格不高，反过来，利用这个新辟的园地来发挥作者的诗人怀抱，在内容上打开了“以诗为词”的新局，于是“弄笔者始知自振”（王灼说），为南宋爱国词人做了“先驱”。他的门徒，有的跟着他走，如黄、晁等；有的还免不了柳永的影响，例如秦观趋向婉约一派。由于北宋后期的设立“大晟府”，周邦彦得着这个“讨论古音、审定古调”的机会，他又把这个特种艺术在柳永的基础上进一步提高了，完成了这个音乐语言和文学语言紧密结合的最高艺术形式。由于南宋初期民族矛盾的特别尖锐，所有爱国人士发出“抗敌救亡”的呼声，往往借着这个新兴文学形式来抒写悲愤热烈的情感；于是豪放一路有苏词，给了他们以启示，进一步发展到辛弃疾，把这个艺术形式注入了新鲜血液，写出了许多“豪杰之词”，确定了苏辛词派在中国文学史上的特殊地位。李清照和姜夔都想独树一帜，自成其为“词人之词”；单就艺术角度去看，也是各有其特点的；姜夔的“自度曲”，尤其值得研究音乐文学者的探究。南宋辛、姜二派，各自分流，直到宋亡，北曲代兴，才见衰歇。

历来评论家都把宋词归纳为“豪放”、“婉约”二派，而对各大作家的看法也各有不同。清初朱彝尊特别提出姜夔、张炎来创立所谓“浙西词派”。中叶以后，又有张惠言倡“比兴”之说，选了一部《词选》来标示他的宗旨；接着周济又从张的基础上加以扩展，拈出四家，作为学词的准则，主张“问涂碧山（王沂孙），历梦窗、稼轩以还清真之浑化”（《宋四家词选》）。依据这个标准，建立了所谓“常州词派”；它的影响，是直到现在，还没有完全消灭的。

现在要从宋词这个丰富遗产内吸取精华来丰富我们的创作，我觉得从周、姜一派深入探求它的音乐性和艺术性，从苏、辛一派深入研究它的思想性和时代性，这里面是有很多宝贵的经验值得我们借鉴的。

（原载《新建设》1957 年 8 月号）

国家新闻出版广电总局
首届向全国推荐中华优秀传统文化普及图书

大家小书书目

国学救亡讲演录	章太炎 著 蒙 木 编
门外文谈	鲁 迅 著
经典常谈	朱自清 著
语言与文化	罗常培 著
习坎庸言校正	罗 庸 著 杜志勇 校注
鸭池十讲（增订本）	罗 庸 著 杜志勇 编订
古代汉语常识	王 力 著
国学概论新编	谭正璧 编著
文言尺牍入门	谭正璧 著
日用交谊尺牍	谭正璧 著
敦煌学概论	姜亮夫 著
训诂简论	陆宗达 著
金石丛话	施蛰存 著
常识	周有光 著 叶 芳 编
文言津逮	张中行 著
经学常谈	屈守元 著
国学讲演录	程应镠 著
英语学习	李赋宁 著
中国字典史略	刘叶秋 著
语文修养	刘叶秋 著
笔祸史谈丛	黄 裳 著
古典目录学浅说	来新夏 著
闲谈写对联	白化文 著
汉字知识	郭锡良 著
怎样使用标点符号（增订本）	苏培成 著
汉字构型学讲座	王 宁 著

诗境浅说	俞陛云　著
唐五代词境浅说	俞陛云　著
北宋词境浅说	俞陛云　著
南宋词境浅说	俞陛云　著
人间词话新注	王国维　著　滕咸惠　校注
苏辛词说	顾　随　著　陈　均　校
诗论	朱光潜　著
唐五代两宋词史稿	郑振铎　著
唐诗杂论	闻一多　著
诗词格律概要	王　力　著
唐宋词欣赏	夏承焘　著
槐屋古诗说	俞平伯　著
词学十讲	龙榆生　著
词曲概论	龙榆生　著
唐宋词格律	龙榆生　著
楚辞讲录	姜亮夫　著
读词偶记	詹安泰　著
中国古典诗歌讲稿	浦江清　著 浦汉明　彭书麟　整理
唐人绝句启蒙	李霁野　著
唐宋词启蒙	李霁野　著
唐诗研究	胡云翼　著
风诗心赏	萧涤非　著　萧光乾　萧海川　编
人民诗人杜甫	萧涤非　著　萧光乾　萧海川　编
唐宋词概说	吴世昌　著
宋词赏析	沈祖棻　著
唐人七绝诗浅释	沈祖棻　著
道教徒的诗人李白及其痛苦	李长之　著
英美现代诗谈	王佐良　著　董伯韬　编
闲坐说诗经	金性尧　著
陶渊明批评	萧望卿　著

古典诗文述略	吴小如　著
诗的魅力 ——郑敏谈外国诗歌	郑　敏　著
新诗与传统	郑　敏　著
一诗一世界	邵燕祥　著
舒芜说诗	舒　芜　著
名篇词例选说	叶嘉莹　著
汉魏六朝诗简说	王运熙　著　董伯韬　编
唐诗纵横谈	周勋初　著
楚辞讲座	汤炳正　著 汤序波　汤文瑞　整理
好诗不厌百回读	袁行霈　著
山水有清音 ——古代山水田园诗鉴要	葛晓音　著
红楼梦考证	胡　适　著
《水浒传》考证	胡　适　著
《水浒传》与中国社会	萨孟武　著
《西游记》与中国古代政治	萨孟武　著
《红楼梦》与中国旧家庭	萨孟武　著
《金瓶梅》人物	孟　超　著　张光宇　绘
水泊梁山英雄谱	孟　超　著　张光宇　绘
水浒五论	聂绀弩　著
《三国演义》试论	董每戡　著
《红楼梦》的艺术生命	吴组缃　著　刘勇强　编
《红楼梦》探源	吴世昌　著
《西游记》漫话	林　庚　著
史诗《红楼梦》	何其芳　著 王叔晖　图　蒙　木　编
细说红楼	周绍良　著
红楼小讲	周汝昌　著　周伦玲　整理

曹雪芹的故事	周汝昌 著 周伦玲 整理
古典小说漫稿	吴小如 著
三生石上旧精魂 ——中国古代小说与宗教	白化文 著
《金瓶梅》十二讲	宁宗一 著
中国古典小说十五讲	宁宗一 著
古体小说论要	程毅中 著
近体小说论要	程毅中 著
《聊斋志异》面面观	马振方 著
《儒林外史》简说	何满子 著
我的杂学	周作人 著 张丽华 编
写作常谈	叶圣陶 著
中国骈文概论	瞿兑之 著
谈修养	朱光潜 著
给青年的十二封信	朱光潜 著
论雅俗共赏	朱自清 著
文学概论讲义	老 舍 著
中国文学史导论	罗 庸 著 杜志勇 辑校
给少男少女	李霁野 著
古典文学略述	王季思 著 王兆凯 编
古典戏曲略说	王季思 著 王兆凯 编
鲁迅批判	李长之 著
唐代进士行卷与文学	程千帆 著
说八股	启 功 张中行 金克木 著
译余偶拾	杨宪益 著
文学漫识	杨宪益 著
三国谈心录	金性尧 著
夜阑话韩柳	金性尧 著
漫谈西方文学	李赋宁 著
历代笔记概述	刘叶秋 著

周作人概观	舒 芜 著
古代文学入门	王运熙 著 董伯韬 编
有琴一张	资中筠 著
中国文化与世界文化	乐黛云 著
新文学小讲	严家炎 著
回归，还是出发	高尔泰 著
文学的阅读	洪子诚 著
中国文学1949—1989	洪子诚 著
鲁迅作品细读	钱理群 著
中国戏曲	么书仪 著
元曲十题	么书仪 著
唐宋八大家——古代散文的典范	葛晓音 选译
辛亥革命亲历记	吴玉章 著
中国历史讲话	熊十力 著
中国史学入门	顾颉刚 著 何启君 整理
秦汉的方士与儒生	顾颉刚 著
三国史话	吕思勉 著
史学要论	李大钊 著
中国近代史	蒋廷黻 著
民族与古代中国史	傅斯年 著
五谷史话	万国鼎 著 徐定懿 编
民族文话	郑振铎 著
史料与史学	翦伯赞 著
秦汉史九讲	翦伯赞 著
唐代社会概略	黄现璠 著
清史简述	郑天挺 著
两汉社会生活概述	谢国桢 著
中国文化与中国的兵	雷海宗 著
元史讲座	韩儒林 著

魏晋南北朝史稿	贺昌群 著
汉唐精神	贺昌群 著
海上丝路与文化交流	常任侠 著
中国史纲	张荫麟 著
两宋史纲	张荫麟 著
北宋政治改革家王安石	邓广铭 著
从紫禁城到故宫 ——营建、艺术、史事	单士元 著
春秋史	童书业 著
明史简述	吴 晗 著
朱元璋传	吴 晗 著
明朝开国史	吴 晗 著
旧史新谈	吴 晗 著 习 之 编
史学遗产六讲	白寿彝 著
先秦思想讲话	杨向奎 著
司马迁之人格与风格	李长之 著
历史人物	郭沫若 著
屈原研究（增订本）	郭沫若 著
考古寻根记	苏秉琦 著
舆地勾稽六十年	谭其骧 著
魏晋南北朝隋唐史	唐长孺 著
秦汉史略	何兹全 著
魏晋南北朝史略	何兹全 著
司马迁	季镇淮 著
唐王朝的崛起与兴盛	汪 篯 著
南北朝史话	程应镠 著
二千年间	胡 绳 著
论三国人物	方诗铭 著
辽代史话	陈 述 著
考古发现与中西文化交流	宿 白 著
清史三百年	戴 逸 著

清史寻踪	戴　逸　著
走出中国近代史	章开沅　著
中国古代政治文明讲略	张传玺　著
艺术、神话与祭祀	张光直　著 刘　静　乌鲁木加甫　译
中国古代衣食住行	许嘉璐　著
辽夏金元小史	邱树森　著
中国古代史学十讲	瞿林东　著
历代官制概述	瞿宣颖　著

宾虹论画	黄宾虹　著
中国绘画史	陈师曾　著
和青年朋友谈书法	沈尹默　著
中国画法研究	吕凤子　著
桥梁史话	茅以升　著
中国戏剧史讲座	周贻白　著
中国戏剧简史	董每戡　著
西洋戏剧简史	董每戡　著
俞平伯说昆曲	俞平伯　著　陈　均　编
新建筑与流派	童　寯　著
论园	童　寯　著
拙匠随笔	梁思成　著　林　洙　编
中国建筑艺术	梁思成　著　林　洙　编
沈从文讲文物	沈从文　著　王　风　编
中国画的艺术	徐悲鸿　著　马小起　编
中国绘画史纲	傅抱石　著
龙坡谈艺	台静农　著
中国舞蹈史话	常任侠　著
中国美术史谈	常任侠　著
说书与戏曲	金受申　著
世界美术名作二十讲	傅　雷　著

中国画论体系及其批评	李长之　著
金石书画漫谈	启　功　著　赵仁珪　编
吞山怀谷 ——中国山水园林艺术	汪菊渊　著
故宫探微	朱家溍　著
中国古代音乐与舞蹈	阴法鲁　著　刘玉才　编
梓翁说园	陈从周　著
旧戏新谈	黄　裳　著
民间年画十讲	王树村　著　姜彦文　编
民间美术与民俗	王树村　著　姜彦文　编
长城史话	罗哲文　著
天工人巧 ——中国古园林六讲	罗哲文　著
现代建筑奠基人	罗小未　著
世界桥梁趣谈	唐寰澄　著
如何欣赏一座桥	唐寰澄　著
桥梁的故事	唐寰澄　著
园林的意境	周维权　著
万方安和 ——皇家园林的故事	周维权　著
乡土漫谈	陈志华　著
现代建筑的故事	吴焕加　著
中国古代建筑概说	傅熹年　著
简易哲学纲要	蔡元培　著
大学教育	蔡元培　著 北大元培学院　编
老子、孔子、墨子及其学派	梁启超　著
春秋战国思想史话	嵇文甫　著
晚明思想史论	嵇文甫　著
新人生论	冯友兰　著

中国哲学与未来世界哲学	冯友兰　著	
谈美	朱光潜　著	
谈美书简	朱光潜　著	
中国古代心理学思想	潘　菽　著	
新人生观	罗家伦　著	
佛教基本知识	周叔迦　著	
儒学述要	罗　庸　著	杜志勇　辑校
老子其人其书及其学派	詹剑峰　著	
周易简要	李镜池　著	李铭建　编
希腊漫话	罗念生　著	
佛教常识答问	赵朴初　著	
维也纳学派哲学	洪　谦　著	
大一统与儒家思想	杨向奎　著	
孔子的故事	李长之　著	
西洋哲学史	李长之　著	
哲学讲话	艾思奇　著	
中国文化六讲	何兹全　著	
墨子与墨家	任继愈　著	
中华慧命续千年	萧萐父　著	
儒学十讲	汤一介　著	
汉化佛教与佛寺	白化文　著	
传统文化六讲	金开诚　著	金舒年　徐令缘　编
美是自由的象征	高尔泰　著	
艺术的觉醒	高尔泰　著	
中华文化片论	冯天瑜　著	
儒者的智慧	郭齐勇　著	

中国政治思想史	吕思勉　著	
市政制度	张慰慈　著	
政治学大纲	张慰慈　著	
民俗与迷信	江绍原　著	陈泳超　整理

政治的学问	钱端升　著　钱元强　编
从古典经济学派到马克思	陈岱孙　著
乡土中国	费孝通　著
社会调查自白	费孝通　著
怎样做好律师	张思之　著　孙国栋　编
中西之交	陈乐民　著
律师与法治	江　平　著　孙国栋　编
中华法文化史镜鉴	张晋藩　著
新闻艺术（增订本）	徐铸成　著
经济学常识	吴敬琏　著　马国川　编

中国化学史稿	张子高　编著
中国机械工程发明史	刘仙洲　著
天道与人文	竺可桢　著　施爱东　编
中国医学史略	范行准　著
优选法与统筹法平话	华罗庚　著
数学知识竞赛五讲	华罗庚　著
中国历史上的科学发明（插图本）	钱伟长　著

出版说明

“大家小书”多是一代大家的经典著作，在还属于手抄的著述年代里，每个字都是经过作者精琢细磨之后所拣选的。为尊重作者写作习惯和遣词风格、尊重语言文字自身发展流变的规律，为读者提供一个可靠的版本，“大家小书”对于已经经典化的作品不进行现代汉语的规范化处理。

提请读者特别注意。

北京出版社